多纳尔·瑞安

我们所应知道的一切

杨懿晶 译

上海文艺出版社

献给安妮·玛丽,我的爱

十二周

马丁·托比是游民[1]后代,他的父亲名声很响。他也是我腹中胎儿的父亲。他十七岁,我三十三。我当过他的老师。要是我足够勇敢,此刻肯定已经离开了人世。我以为那不会让孩子感到痛苦。他小小的心脏会和我的心脏一起停止跳动。他会从一个黑暗的世界滑入另一个,他的灵魂逐渐脱离我的躯壳,而他对此不会有任何知觉。

---

[1] 爱尔兰游民(Irish Travellers),爱尔兰的一个游牧民族,并非居无定所的流浪汉。爱尔兰游民作为一个独特群体的历史起源至今仍不确定。他们大多生活在爱尔兰,在英国和美国也有聚集地。

胎儿会在孕七周左右开始活动。据说他们的动作幅度小得让人难以察觉,可我发誓昨天我感到了一阵翻搅,一次微弱的挪动,一个影影绰绰的存在。过去几周,我一直静静地聆听着他的动静。我坐在家里,拉上窗帘,让电视静音,徒留屏幕闪着柔和的光:什么东西爆炸了,人们在流血,包裹在旗帜里的尸体被深色眼睛的男人们抬走,人们争吵,亲吻,开车,他们的嘴张开又合拢。而我等待着这些画面给予我某种启示。

我从怀上他的那一刻开始计算他的孕周,而不像医生那样,从我最后一次月经的第一天开始计数。在女人过着正常性生活,也过着正常生活的情况下,她们不会特别留意某个时刻。而我所有的时刻都被标记,估量,逐一等待无情的检视。

昨天晚上,帕特回来了。过去几周他都在乡里干活,到处装水表。他说过他们要住在工地上;那份工作需要日夜不停地连轴转。离家那天,他俯身吻了吻我的脸颊。他的嘴唇凉凉的,在我脸上停留了一会儿,然后他才直起身子。我不记得自己有没有看他。那是我孕七周的第二天。

昨晚我站在电视室的门口看着他。他穿着运动裤和利物浦队球衣,光着脚瘫在沙发上,没刮胡子,肚子软趴趴的,一副毫无防备的样子。我怀孕了,我说。他扭过头来看我,眼睛明显亮了一下——有可能是因为快乐吗?——那光彩没一会儿就熄灭了,因为他想到孩子不可能是他的。我对他说,孩子的父亲是我在网上碰到的一个人。每次我用这种低沉、平缓的声音跟他说话,他就知道我不是在开玩笑。

他坐起身来,然后站到我面前大吼,老天啊!只喊了一遍。接着他挥起拳头,好像要揍我,但他收住了力气,只击中了我面前的空气。他说,我要杀了你,杀了你。他捏着拳头挡住眼睛哭了起来,大张着嘴,闭着眼,像一个刚受到痛苦惊吓的男孩。

我们再也无话可说,也没什么能做的,于是他离开了。他拎着手提袋朝前门走去,脸色苍白,脸颊正中透出两小块愤怒的酡红。他站在玄关那里,敞着门回头看向我。苍白的橘色灯光打在他身上,衬得他像个鬼魂。

现在我们扯平了吗?他的声音很低,近乎耳语。我没有答话。

我一直都爱你,梅洛迪·席伊。

而我只说了一句,再见,帕特。

昨晚我睡得很沉,有一阵没睡得这么好了。我没有做梦,要不就是不记得了。我的身体开始自行运转,满足孕期的需求。我已经怀孕了十二周又两天。我是在满十二周那天宣布自己怀孕的,一般人们都这么做。十二周意味着过了危险期,胎儿已经确知了自己的存在,之后就会依附在母体上,不断长大。这个阶段的胎儿开始有味觉。我觉得自己应该用勺子舀点砂糖吃,给他的世界添点甜味。刚才我试着吃了点冰激凌,结果咽到胸口时觉得太冷,滑进肚子里又变得太热,几分钟后,我全吐了出来。我现在特别想吃培根,卷进白面包里,涂上黄油和番茄酱。这么说,他喜欢咸味的食物。

天亮起来一会儿后,帕特的父亲自己开门进了屋。我从床上起来,跟在他后面走动,好像我是一个他看不见的幽灵。他从步入式衣柜里拿了一袋衣服。衣柜是他亲手给我们做的,结婚一周年的礼物。他拿了帕特的曲棍球[1]头盔、球衣和靴子、笔记本电脑，还有一堆文件夹和文件，都放在空置的小房间里，那张书桌旁边。为了方便搬运，他一直开着前门，一趟一趟地抱着东西出去，它们曾代表了他儿子在这里的生活。他忘了帕特电脑的插头，我把它拔下来，整齐地将线缠好再递给他。他到这里后第一次正眼看了我。他的脸因为愤怒和尴尬涨红了，他的呼吸紊乱粗重。我想给他倒杯茶，搓搓他的手臂，让他别担心，听他叫我**亲爱的**或者**甜心**，看他冲我慈爱地微笑，就像过去那样。

我很抱歉，帕迪，我说。我几乎能听见他急速的心跳声，振荡着我们之间的空气。我想对他说，放松点，你心脏不好。

啊，看看这一切，他说，看哪。他没有别的话要跟我说了，我也一样。

他把车倒进院子里，敞着后备厢，没熄火。车子排出的尾气沿着门廊漏了进来。那样也好。他把车开了出去，停在大路上，又走回来关上院门。别人看到了也许

---

[1] 这里指的是爱尔兰曲棍球（hurling），与英美曲棍球比赛的规则略有不同，用具也有差异。爱尔兰曲棍球是速度极快的草地运动，比赛很激烈。

会说，真是一个贴心的祖父：最好还是把那扇旧门关上，免得孩子跑出去被车撞了。

昨天隐隐作祟的呕吐感今天更明显了，每隔几分钟就在我体内翻搅一阵，碾过我的五脏六腑。今天早上我累得要命，之后一整天几乎都坐在沙发上，脚边放着一个盆。过一阵我就把它拿到厨房水池里冲洗干净。我一走路肌肉就疼，每次站起或坐下都会头晕，起了鸡皮疙瘩的皮肤感到针扎般的刺痛。我不记得吃过什么东西，但肯定吃了，厨房柜台上留着一些食物碎屑，还有一只橘子的皮。

早晨的孕吐把我折腾得不轻。到了傍晚，呕吐感渐渐消退。昨晚我穿着睡袍就睡了，两条羽绒被叠起来裹在身上。除了仲夏的那几周，我们的卧室里还是很冷。帕特喜欢冷一点，他说要是你的身上有点冷，不管是脚尖还是头顶，都会让你觉得床更舒服，你也会更享受待在床上的感觉。哦，帕特。过去的那些年里，那些支离破碎的日子，我们让彼此伤得那么深，那么重，所有的争吵和口不择言。而我就是这样结束这一切的。在电视室的门口宣布我让另一个男人做了你做不到的事。我跪伏在地，过了好久好久。远超过我能承受的极限，可还远不及我应得的惩罚。很快我们都会滑入黑暗，到黑暗里去生活，只有我们两个。只要我把所有未了结的事情处理好。

今天早晨我光脚站在屋外的木头平台上，喝了点茶。没有想吐的感觉。我还想着要抽支烟。我的身体感觉很平和，只有腹部的肌肉偶尔抽搐一下，那感觉像是某些沉睡至今的迷糊腺体发射出的电子在肚皮上肆意流窜。空气舒朗清新，弥漫着割过的草地淡淡的清香。附近有人今年第一次除了草。我看着平台远处角落里的黏土花盆，帕特把它当巨型烟灰缸用了好多年，从没想过要清理其中的烟头和烟灰，灰黑的垃圾混着泥土，快要溢出来了。我突然感到一阵恶心。

我把平台想象成绞架，脚下的木板其实是活板门。蓟花和草丛是行刑的观众。我摸了摸睡袍的带子。我想到了浴室墙上钉在高处的挂钩。我不知道那个过程要持续多久，会有多疼。我想起那个遭人遗忘的破败棚屋，也许帕特没人动过的工具箱里还放着折叠刀。我想象着深深没入灌满滚水的浴缸。为什么人们总会自然而然地想到浴室？水、肥皂、消毒剂，地板和墙面的白瓷砖，方便清洗，蒸腾的水汽。不是"离开人世"，而是把自己蜷起来，缩进一个狭窄、温暖的空间里，这个偷换的概念不禁让人心生向往。

我吃了东西：一只白煮蛋和没涂黄油的面包。它们安分地留在我的胃里。我睡着了。

十三周

现在,我的每一天都由下面四个步骤组成。和过去一样,一到八点我就醒了。然后我用一个小时说服自己一定会自杀。这让我感到解脱。下一个小时我开始担忧自杀的后果。解脱感消失了。之后的一个小时,我让自己相信我不会自杀,继而松了口气,接着再花一个小时忧心不自杀的后果,如释重负的感觉又不见了。重复三遍这个过程,就到了睡觉的时间。我要睡八个小时。

是什么绊住了我,让我还留在这世上?对痛楚的恐惧。还有我想象中父亲接到这个噩耗的样子:看到警车停在外面,副驾驶座上坐着科特神父,他的眼里满是惊恐。他颤抖着双手摆弄门锁，抓住门框支撑自己不倒下去，虚弱得双腿发软。善良、强壮、一脸尴尬的大块头吉姆·吉尔达走到门口，要不就是一个笨拙的、涨红了脸的年轻警察，一心想早点结束任务，笨手笨脚地扶住我父亲，让他进屋坐下。我想象着他孤零零地站在我的墓前，冷风打在他脸上，他的眼神茫然无措，尴尬地接待朋友和勉强对得上号的熟人，领受他们的哀悼，再对他们说：谢谢，你能来太好了，至少雨停了，她去了一个更好的地方，现在她和母亲在一起了。这些话在他听来都不怎么对劲。我能想象他的孤独，他彻骨的悲痛；我知道他的世界里将只剩下哀伤，再无其他。

昨晚我做了个梦。那种特别生动的梦，让你醒来后还要再躺一会儿才能分清楚哪个是现实。梦里我在科特·柯本俱乐部开会。布丽迪·弗林穿着短裤，光脚盘腿坐着，我也盘腿坐在她对面，盯着她看。泪水沿着她的脸颊不断滑落，在痤疮造成的小疤痕处短暂聚留，再掉到地板上。布丽迪的脸色铁青，皮肤表面坑坑洼洼的；布丽迪的脸是那么美，我偶尔会嫉恨她。梦里的场景是布丽迪的卧室，我们把床单的一边搭在椅背上，另一边压在她的床上,我们躲在床单下面,好像待在帐篷里,枕头、靠垫和布丽迪小时候收集的毛绒玩具围拢在我们身边,隔出一个遗世独立的空间。

科特·柯本俱乐部是布丽迪·弗林和我在一九九四年四月创办的。布丽迪把他奉为神明;我只觉得他很棒。科特·柯本短暂的一生一直忍受着慢性胃痛的折磨。我漂亮的朋友布丽迪也有这个毛病。她对海报上的他说话,好像他真的在这个房间里;我尴尬地听着,从来不看她的脸,听凭她握着我的手,而她的注意力根本不在我们拉着的手上。科特·柯本俱乐部拥有如下财产:一块我们用来尝试召唤科特·柯本鬼魂的通灵板;一瓶一升装的伏特加,我们会战战兢兢地对着瓶子小口喝;一台带麦克风的录音机,我们录了很多疯狂的故事和想象出来的对话,都是布丽迪·弗林的主意。她惟妙惟肖地模仿那些酷女孩,我们的朋友、老师和家长。背景声里能听到我尖厉的笑声。

梦里,布丽迪看着我说,梅洛迪,你为什么离我而去?她过来拉住我的手,捏了捏,她周身散发着晃眼的光晕,她的手烫得惊人,这时我醒了过来,念叨着,**布丽迪,噢,布丽迪,我很抱歉**。我躺在冰冷的房间里,浑身是汗，感到腹中隐约的呕吐感变得清晰急迫。

我父亲每天都给我打电话，讲给我听一些他觉得我应该知道的事。

早些时候他去了玻璃瓶回收点。有人往里面丢了一堆垃圾。他说，老天啊，这难道不可怕吗？当然啦，监控摄像头都坏了。我咂了咂嘴表示不赞成，但没说什么，听他继续讲：昨天晚上，我在楼下的曲棍球场碰到莫斯·肖恩利。青年队输给基尔代尔队了。莫斯对倒霉的老杰克·马特-安德可没什么好话。你能想象他骂人的样子，还有好多你想都想不到的脏话。我跟他说，那样讲死人的坏话你要倒霉的。见鬼去吧，他说，还往地上啐了一口。他死了也是个蠢货。莫斯说的，想想吧。老天啊，可怜的杰克。他一向是个好老人。他想要的不过是喝点东西，吹吹牛屄。之前我在祷告回来的路上碰到一个家伙，他开着车呢，一只手举着电话，另一只手在拨弄头发，方向盘就空在那里。搞不好他还有第三只手从什么地方戳出来，要是那样我也看不见。我是看不见的。

他停了下来，等着我也说点什么，一点回应，而他会通过我的声音来判断我有没有不开心。我知道他的想法。你会找天过来看我吗？

我会的，爸爸。

我知道你很忙，要上阅读写作课，所有那些东西。

我挺好的，爸爸。

你还在教那个小流浪汉吗？

游民，爸爸。

哦，对，游民。老天，这年头的人对自己的称呼都在意得要命。

我必须尽快离开这间屋子。时间仿佛化作了实体，在我的皮肤上爬过，从头顶到脚底，再爬上来，循环往复。等待死亡的过程中，我还得吃东西，还得活到我死的那一天，也要找点东西来缓解我的不适。第二个三月期[1]的开端：不再有晨吐。这是我在一本书里读到的，书上就是这么写的，语气敷衍潦草，单纯地陈述一个事实，不容置疑也无可辩驳。这句话的上方是一张漂亮的准妈妈的照片，绽露微笑，一个无可挑剔的形象。要是

---

[1] 医学上将妊娠期分为三期，每一期为三个月。

第一个三月期快到头了你才开始该死的晨吐呢？我已经吞了将近一把安定药片，就为了能安静地躺一会儿，听凭自己的意识浮动。浴室壁柜里收纳药物的架子上还放着一整瓶。酒柜里有伏特加，冰箱里有汤力水，冰柜里还有冰块。老天，我都能开个派对了。小男子汉，我们要来点儿吗？我不知道自己怎么就能确定肚子里的是个男孩。我只是把这个孩子想成他父亲的缩小版：红润的脸颊，蓝眼睛，深色头发，容貌俊秀。要是等这波恶心过去我还活着，我就去看我父亲。

我还在这里，不那么难受了，但还是没法随心移动。我难道不是生在了好时候吗？若在四十年前，我会被掳走去给体面的先生们洗弄脏的祭司服，还有那些谨守上帝训诫的人，给他们洗衬衣、罩衫、袜子和内衣。我的孩子会从我身边被抢走，被卖掉，被偷走，从而远离我的罪孽，得以体面地过活。我感到了自由的重负，过于开阔之地导致的空茫。我会连续几小时坐着，站不起来，也没法离开这个房间，因为我不知道自己该从门口走向哪里：沿着走廊一直走到床上，还是走到屋外，坐进车里？我该去哪儿？我的钱足够生活一年，也许更久，而我渴求的这份安宁很快就会消失不见，我盼望结束的一切都将卷土重来，一切又要重新开始：帕特会来敲门，苦苦哀求，试着让我承认我只是在骗他，我会打开拴着门链的门，而他的手穿过缝隙向我伸来，哭着说，求求你了，梅洛迪，求求你了。我需要你，梅洛迪。因为他总是需要我，直到今天我依然不明所以。

我还是可以飞到伦敦去，了结这件事[1]，然后回来说，是的，帕特，我骗了你，他会说服自己相信我，我们会找地方度个周末的短假，一起去按摩，手牵手沿着河散步，站在瀑布下面，大笑着感受水花溅在脸上，想象水幕后面与世隔绝的洞穴，轰鸣中的安宁静谧，晚饭后到酒吧喝一杯，然后上床，转向彼此的身体索求暖意，却只摸到坚实的冰冷，没有和解，过去的罪孽也不能被原谅。于是我们再度转身分开，各自仰面躺着，把无法讲出口的话语说给从未出生的孩子们听，那些未曾得到满足的需求，妓女和网络性爱，还有种种可怕的、难以原谅的罪行，纷乱无尽的指责，空洞的报复，我们需要这一切来填满这个夜晚，这样我们才能在太阳升起

---

[1] 本书原版出版时，爱尔兰还禁止堕胎，该禁令于2018年5月被废止。

时平静下来，筋疲力尽地背向彼此，回到我们熟悉的疲惫之中，枕着泪痕斑驳的枕头睡去，直到退房的时刻到来。

这些念头相互碰撞，擦出火花，像刀子一样把我从中间劈开，深深地嵌进我的身体里，用力搅动。帕特和我，我们怎么无法记起。忘掉我们爱过彼此。要是我们能够暂时抛开所有的情感，从旁观者的视角检审我们的关系，或是摆脱肉体的束缚，如同外科手术时飘浮在上方的灵魂，看着自己的躯壳被切开，浸满了鲜血，心脏不再跳动，看着内脏被摘除，却感觉不到疼痛。

他背负了太多来自他人的期望，让这重担压垮了自己，我的帕特。他的母亲和父亲，他的姐姐，他的朋友们，他偏执的曲棍球教练们，还有我。他对我说过一次，距离现在也没几年，当时我们之间尚存理智，他说他从不觉得自己是个渺小的人，直到他遇到别的大人物。他是笑着说的，可他不是在说笑。我看到他的眼底压抑着泪水。我为他心痛，是肉体可以感知的心痛。我没有别的话好说，只能低语着我爱他，真的爱他，会一直爱他。尽管如此，尽管我们曾有过那样的回忆，抛开我所知道的和我说过的一切，即便我曾那样真切地想要代替他去承受那些痛苦，短短几年以后，我的所作所为都只会让他感觉自己更加渺小。我挑起了战争，他接续了战火。

对一个永远在节食的人来说，你的屁股可够肥的。他会这么说。[1]

看看你漏在地上的尿，你就像个刚开始学上厕所的不折不扣的小毛头。我会这么说。

他会说：你对小孩倒是懂得挺多，管他是什么样的。

我会说：你的精子肯定糟糕透顶，所以才不会变成小孩。

他会说：你倒是再写首诗啊！把这些都写进去！再送到报社去？让邻居们都好好乐一乐。让楼下西斯家的那帮人乐翻天去。你知道他们会把你的诗大声读出来，笑到崩溃吗？

我会说他算什么男人，他从来就不是个男人。

他会说我的肚子冷得像个冰窖，没有小孩愿意待在里面。

---

[1] 原文中 small 和 big 也有体格差异的意思。

我骂他是个烂人，叫人恶心，变态，鸟人，喊到喉咙生疼。我会说我从没爱过他。

他会说他恨我入骨，语气毫无波澜，却很坚定。

我们怎么会变得这样残忍？爱的记忆怎么会从我们身上消失得如此彻底？那些我们说过的话，想过的事。我可怜的帕特，我亲爱的人，我发光的小男孩，我的英雄。噢，我啊，噢，残忍无情的我啊，我从没真正了解这个我。明天，我会再次彻底将她遗忘。

十四周

我第一次看帕特打曲棍球当天就爱上了他。那场比赛他被罚了下去,离开场地的时候,他指了指我,像是在说,那都是为了你。那个挨了他揍的男孩还倒在地上,围绕着裁判和摔倒的球员爆发了一阵小规模冲突。几个月前,我和这家伙在弗洛吉[1]的舞会上跳了一支慢舞,后来在回家的公车上,他忽视了我,转而向别人献殷勤,周一又在学校里说了几句贬低我的俏皮话,不过迄今为止我都不知道他说了什么。帕特快步走着,

---

1 Foróige,爱尔兰青少年发展基金会,致力于帮助年轻人主动、积极地参与自身及社会发展。

同时摘下头盔，前额汗湿的头发往后捋了上去，阳光打在他的脸上，他炽热的蓝眼睛对上了我的目光。他点了点心脏的位置，穿过傍晚微凉的空气，大步朝边线走去。我的双腿发软，我觉得自己要昏倒了，布丽迪·弗林还在旁边说，噢，上帝啊，梅洛迪，他指的是**你**，她捏紧了我的手臂。耶稣，我是多么爱他，是他，只有他。

帕特是我第一个接吻和牵手的对象，直到十三周多一点之前，他还是我唯一吻过的男人。我从没感受过另一个男人的手抚弄我的脸颊，或是在另一个男人眼里看到仿佛洞穿一切的渴望。岁月把我们逐渐揉成了一个人，这是我的感觉，而对自己残忍并不太难。现在我们已经正式分居了，我也终于能把我和他区分开来。就算是在过去充满恨意的几年里，我们也总是紧密相连。

第一次和他接吻的时候，我老感觉自己做得不对。布丽迪·弗林和我以前尝试过，但我们从不伸舌头，认为那样做会改变我们的性取向。反正我们笑得太厉害了，没有过多少真正的实践。有次布丽迪从我嘴上移开，把手放在我脸上，我又把手叠了上去，我们注视着彼此的眼睛，时间像液体一样流动，在我们眼前延展成两种朦胧的取向。这时我笑了起来，她也笑了，切断了某种尚未成型的情愫。这个世界总在不停地塑造自己，同时又在不断重塑。有时我能感到生命另外的走向，在我身边无休止地上演。

帕特表现得很会接吻。他永远不会咬痛我的嘴唇，我听有些姑娘说过，她们的男朋友就会那样。他也不会捏我的乳头，或者毛手毛脚地摸进我的裙子和裤子里。一开始我有点尴尬，不知道该作何反应，但很快跟他接吻就成了世上最理所当然的事，我刚刚做过的事，它和走路时在心里哼歌，看着天空不同层次的蓝色，聆听夜里的微风，或者听到我母亲的声音一样自然。

我母亲和父亲不是很好的一对。她比他高一两英寸；他们的手一个纤长，一个粗短。她是一个崇尚经典、注重审美趣味的人，而他压根儿不知道这些词是什么意思。她想投身学术界，可从没做到过。他是市政服务机构的工头，大部分时间都在路上奔波。我母亲身上总是散发着法国香水和昂贵皮革的味道，而我父亲总是一身汗味，混杂了某种尖利、沉重东西的气味，可能是沥青吧，或是别的让他整天忙碌的黑色柏油质的玩意儿。我父亲不像是她感兴趣的类型，也不能让她兴奋。她不会厌倦他，换一个男人她也许会，一个能读懂她的沉默、洞悉她复杂心绪的男人。她就是那么看他的。这是我的看法。

一天早上，我听到她对他说，你到现在也该当上经理了吧。

我的能力干不了那样的事，他说。

我听到她轻蔑地哼了一声，然后是一阵漫长的沉默，我听到一张椅子从桌旁被拉开，又听到我父亲轻柔地说，好啦，好吧。接着我听到他拿起钥匙，然后她说，那你**能**干什么呢？你**能**干什么呢？你能有**什么用**呢？有**什么用**呢？迈克尔？

我听到我父亲说，我不知道。好啦，晚点见。他走后门出去了，他从来不摔门，厨房里没有动静，但我能闻到烟味。我站在走廊里偷听，感到周身发冷。

那天晚上我父亲回家的时候看起来不一样了。我还不到十岁，对他的一切想象都是以爱为出发点的。某种孩童的美好憧憬消散了，我眼中始终包裹着他的光晕变得暗淡，忽闪着消失了。我打量着他，不带一丝情感。

他有什么用呢?

如今回想我当时看待事情的方式,想到我让母亲对他的怒气渗进我的心里,我迫切地想要道歉,弥补我的疏远给他造成的伤害。我让另一个女人的冷漠玷污,侵蚀,瓦解了我对他完美的爱意,我甚至并不真心喜欢那个女人,却又迫切想要变成她的样子。

那天晚上,我没有扑进他怀里,于是他知道有些事情变得不一样了。我走到门口去迎接他,我们对彼此的态度变得僵硬又尴尬。我突然长大了,不再是个小女孩,他肯定感觉到了;我成了房子里的另一个女人,成了原本就在那里的女人的附属品和衍生品。那个女人,她看起来既需要他又鄙视他,有些时候,很多时候,她还恨他。

他震惊于我的改变,但没有表现出来。我能从他看我的样子里感觉到。他的眉头皱紧了,伸直双臂搭在我肩上,他从我眼里认出了与我母亲如出一辙的冷硬,那是他每天都会看到的。他笑了起来,好像无法相信眼前的一切,但他早该知道这一天迟早会来。我想他就是从那一天开始堕落的,从我们开始疏远的那一刻起,一路变成了一个不中用的普通老头,一个安静、无聊的人,满足于自己的存在，支撑他的只剩下责任，要把这件事情做好的责任，养大一个孩子，照顾一个妻子，支付一连串的账单，最终什么也没得到，没有柔软的床铺可以躺下，枕畔没有表达谢意的温言，做完所有的工作后，哪怕做得很好，哪怕他为之工作的人都表达了感激和爱慕，他也无法体会到一丝一毫甜蜜的松快。

可他依然爱我，不顾一切地、坚决地爱着我。他也用同样的方式爱着她，要不然他还能做些什么呢？

十四岁的时候，我第一次丧失了理智。是我母亲的手指崩断了我脑袋里的那根弦。看到一串玫瑰经念珠以富有美感的方式巧妙却不自然地缠绕在那十根手指上。不知怎么的，我之前没注意到这一幕，要不就是我看到了却没往心里去。前一晚我们的家庭医生给我注射了某种药剂来帮助我入睡，减轻我的痛苦。我们站在家属的位置上。爸爸和我，如同水星和金星围绕在我们耀眼的太阳周围，妈妈的兄弟姐妹被安排在我们旁边，像是那些距离更遥远的行星。靠近门口的地方站着表亲们组成的小行星带，沿着前厅一字排开。

我说，爸爸，那串**该死的**玫瑰念珠在那儿干吗呢？

她**这辈子**都没念过《玫瑰经》[1]。爸爸没看我。他用力吞咽了一下，喉咙里有什么在咯咯作响。我记得他苍白的脸色、咬紧的牙关，只有我能看到他脑袋里轻微的战栗，而我情绪激动地站在他身边。

没事的，宝贝，他轻声说，他们都是那么做的，想当然而已。

想当然？我差点吼出来，我看向拱门另一边接待处的尽头，一个比婴儿大不了多少的表亲在前庭里傻笑着。我从近亲的小矩阵里冲了出去，一路推开那些前来履行义务的人，直冲到露天处。近亲、表亲、远亲，所有人都在瞪着我，看着我跑了出去；事情突然变得有点滑稽，没人会预想到这一幕，就像一道闪电撕开了阴沉的天幕。我是冲他去的，而他没看出来，要不就是他看出来了，却没想到我是在冲他发火。我照着那个傻笑的孩子的脑袋，从侧面扇了他一巴掌。我的手打在他头上，发出一记脆响。他只有八岁，最多九岁吧。然后我从他身边飞速跑开，一把抓起弗兰克·多利肉乎乎的胳膊。他像个警察一样站在门口，守着人们放慰问金的盒

---

[1] 正式名称为《圣母圣咏》，是天主教徒用于敬礼圣母玛利亚的祷文。

子。到里面来，把我母亲手上那些念珠弄走。他没动。到。该死的。里面来。马上。

他照做了，冲我父亲点了下头，一脸疲惫的样子。前门暂时关闭了几分钟，那个几乎不认识我母亲的小表亲的脸皱成一团，上气不接下气地哭号着。有大一点的孩子过去抱他，温柔地让他轻声点，并立刻把他带离了房间。吊唁的人流短了一截，邻居、朋友、我父亲的同事，还有不常来往的亲戚们，按照葬礼的秩序排成一列，轮流过来跟我们握手，之后抽身离开这个尴尬的场面。爸爸安静地站在那里，脸色苍白地看着弗兰克·多利强行分开我母亲略显透明的手指，试图理顺那串倒霉的念珠，最终还是把它剪断了。

梅洛迪，你愿意接受这个男人，握着他的手，爱他，尊敬他，顺服于他，坐进他表弟开来的那辆近乎废铁的破烂婚车（而他之前许诺的是一辆九成新的梅赛德斯），在去酒店的路上揍他，在湖边柳树下拍照时隔着衬衫袖子用力拧他，直到他的眼里噙满泪水，然而看到那些眼泪也无法缓和你的怒气，你将一整天都对他恶语相向，让整个主桌的客人都看得出来，你对待他的态度像个疯子，看到你父亲眼里流露出熟悉的担忧、哀愁和令人心酸的退让，几杯普罗塞克起泡酒下肚后，你会略微回心转意，一直持续到他丢下你近半个小时，和他的白痴朋友从后面溜出去抽大麻烟，你会在前厅里没人看到的地方拎起裙子用力踢他的小腿骨，踢得他脸色煞白，在跳第一支舞的时候对他说，你一直知道他会搞砸这一整天，你会在第一晚的婚床上背对着他，在加那利群岛的两周里，你每天都要跟他吵架，后来在地区医院的病床上，你会抬起头看他，说他从来不在乎，你知道得很清楚，他从来不想要孩子，这下他可能满意了，你还说他和爸爸这个身份毫不相称，他永远担不起那样的责任，现在好了，起码不会影响他和伙计们待在一起的时间了，一周后，你会打开他的后备厢，找到一整袋婴儿服，还有一件儿童版的利物浦队球衣，背后印着希。你愿意吗？无论富有或贫穷，无论疾病或健康，直到死亡把你们分开？

这几天的天气阴沉得厉害。我大部分时间都躺着。房间里温暖潮湿，我的嘴里满是苦味。思绪不停翻涌，而我跟不上任何一个闪现的念头，没等我缓过神来就消失了，它们好像成了一条在我意识里穿进又抽出的线。我的头昏沉沉的。沙发靠枕的边缘成了一道悬崖：要是我滚过去，就会一路下坠。一小时前门铃响了，也可能是一天以前。我的手机在咖啡桌上震动，可我没法移动到那么远的地方。我感觉自己会恶心到死。我希望我真的能就此死去，死在这张沙发上。我没法抬起手放到身上，我根本抬不起手来。我生来就缺乏勇气吗？要是能直接放弃我身上的这个影子就好了。会有尸检，会有死因勘验，但那都是惯例，是必须要走的流程。一切都会变得自然，是命运之手无形操控的结果，有时确实会发生那样的事情。她怀孕了，很不幸，是致命的心律失常。帕特会是唯一知道真相的人。

明天我会挣扎着起身，到厨房去喝杯牛奶，再吃一袋饼干。我会把窗稍微打开一点，让空气流通。然后我会淋浴，穿衣，开车到马丁·托比的宿营地[1]去。我会把那本磨损严重的书还给他，那是我们一起读过的唯一一本字比画多的书。我要这么做，因为这看起来很重要，要是能开得了口，我会跟他道歉，然后我会到自己长大

---

[1] 此处指由爱尔兰当地政府专为游民和其他流浪族群建造的宿营地，大多建在城镇的边缘地带。

我们所应知道的一切

的房子里去,坐在父亲的桌边,好好待他,也让他好好待我,让他知道,不管怎么样都不会有人怪他。做完这一切之后,我会鼓起勇气抛下所有这些烦恼。伏特加和安定片吧,我是这么打算的。

今天我出门了,尽管腿上还是没什么力气,我绕着街区走了走,让血液流动起来。然后我开车到了小区门口,停在那里,想着要不要掉头回去,直到有辆车在我后面停下,迫使我往前开,我把车开到朗希尔路上,直开到阿什顿路尽头,左转穿过一道高墙的开口处,开进一堆无序停放的面包车、拖车和小平房里。这是一块人为设计的凹地,市政规划要求的,下陷的盆地和水泥墙挡住了常住居民的视线。我向一个块头很大的男人打听托比家的车停在哪儿。他穿着一条棕色长裤,网眼背心几乎遮不住他的大肚子,一副警察的做派。他从脏兮兮的岗哨里木然地打量了我一番,然后才慢慢走过来,调整着姿势弯下腰,冲着我打开的车窗气喘吁吁地说,哈拉哈拉,啥哈,啥?他的语气怪怪的。他抬起一只光裸的胖胳膊,搁在我的车顶上,耐心地等着我的回答。显然他刚才是在向我反问。

从我右手边传来一个女孩的声音,她说:"问他什么都是没有意义的,小姐。"

警察抱怨地咕哝了一声,把自己从车上扒拉下来,退到一边,露出身后一个娇小的年轻美女。她站在一辆小拖车门口,拖车连在一座更大的移动房屋上。她穿着一条紧身磨白牛仔裤,染成草莓香槟金色的头发编成一条辫子。她的拖车门口竖着一圈棚架。要是春天把自己的脚步延续得更长,此刻她就会陷在花丛里。她说:"托比那家人都走了。你想要我带条口信吗?"她从门前沿着步阶一路走下来,穿过那一片乱糟糟的地方,臀部摇摆的节奏让人心醉神迷,几乎能催人入睡。

听到这个消息,我感到一阵莫名的忧伤和意料之外的解脱。说到底,我能跟他说什么呢?我要怎么看着他的眼睛?我怎么会到这里来?我把马丁·托比的书从窗户里递给她。他们会回来的,她说,到了夏天,或者秋天。他们去铺柏油路了,她说。实际上,她说的是**添点柏油**。她看着那本书,我看着站在车边的她,警察看着我们两个。她身上有种无畏的东西,举止像孩子一样直接,她身上还有些别的特质,我不确定是什么,让我自那以后一直想着她。

这是哪个托比的？

马丁，我对她说。

她说，这里的托比可不少。大马丁、小马丁，还是老马丁？我说我不确定。于是她说，要是你见过大马丁，你肯定忘不了他，就他那样的块头，老马丁也不太可能，所以肯定是小马丁的。这书是讲什么的？她问。

这书叫《丹尼，世界的主宰》，我说。

我能看到书名，她说。我是闻（问）里面的内容。她没看我，专心研究着书的封面。

我很惊讶，还有点被她惹恼了。看着她的时候，我感到一阵微弱的渴望，渴望像她一样年轻，漂亮，自以为是，并且自由。我跟她说，这本书讲的是一个和父亲一起住在吉卜赛篷车里的男孩。他们一起经历了很棒的冒险，我说，这个故事讲了童年、奇迹，还有父亲和儿子之间的爱。

绝对是马丁·托比的口味，没跑了，那姑娘说。他对他爸可是全心全意。米克·托比是他爸，你知道吧。这帮人里就他不叫马丁。你的马丁是他的独生子。

我们所应知道的一切

只有为他儿子，他才会甘心当个女米老鼠。你知道那是什么意思吗？一个只能生女儿的男人[1]。这本书里的人住的吉卜赛篷车是什么样的？我这样的？还是那种老派的，靠马拉的？书里的那些人是吉卜赛人吗？你没法信任那些人的，你知道吧。他们会把你嘴里的牙都掏走。你怎么会有托比家人的书呢？

我告诉她我一直在辅导马丁的学业。她说，你碰到什么事了，看起来这么难过？我惊呆了，说不出话来，她也沉默地看着我，我从没见过她那样的眼睛。我谢谢她愿意保管那本书，她保证会把它收好，直到托比一家回来。我试着在警察狂乱挥舞的手臂和无法理解的指示的帮助下，让我的福特嘉年华在泥泞的大道上三步掉头。她转身走回她的拖车里，用她的说法，她的篷车。走到最上面一阶时，她又在门口转身看了看我，怀里抱着马丁·托比的书。我看到之前那种随意、戏谑的表情从她那张长满雀斑的可爱面庞上飞速退去，换上另一副警惕、疏远、挑衅的神情。我把车开到营地入口，排队等着开出去，这时我又从后视镜里看了她一眼，她还站

---

[1] 暗示男子气概不足。

在那里，回头望着我，细碎的阳光在她身旁的窗玻璃上闪烁，也在她的发丝里跃动，我的心里升腾起某种莫名的情绪，我感到孩子平静下来，睡着了。

十五周

布丽迪·弗林在上地理课。她坐得离我很远,在教室的另一头,我们因为上课说话而被要求分开。她闷闷不乐地看着那些酷女孩的小圈子,凑成一堆傻笑着。她坐在自己的课桌前,冲后排的男生们不屑地噘着嘴,往后朝他们丢了一个用口水沾湿的纸团。她们也在说话,先生,她突然说了一句,霍尼考德·汉尼根在黑板前转过身来,撇下他用粉笔画的地球内部结构图,看到布丽迪指着那些酷女孩们。

操心你自己吧,弗林小姐,还有你圣诞节会从我这里拿到的不及格。

你要在圣诞节的时候给我**不及格**？**不一及格**？她跟着呼吸的节奏发出这个音，然后噘起嘴唇做了一个吻的动作。男生们大笑着起哄，酷女孩们翻起了白眼。

霍尼考德调整好面对我们的姿势，向后坐到讲台的边缘处。他看着像是勃起了，他一直是那样，因为灯芯绒裤子拉链处的褶皱总是隆起着。他交叠起双臂，正要张嘴说话，却被布丽迪抢先了一步。

我喜欢你的大勃起，先生。霍尼考德·汉尼根瞪大了双眼，朝她的方向猛地直起身来，他的双臂松开了，两手像是自发地垂下去遮住了裆部，他站直身体，张了张嘴，却没发出声音。布丽迪又说，在你的房子[1]旁边。那是个延伸的厨房还是多余的卧室？

霍尼考德的脸涨成了紫色，重重地瘫在他的椅子上，就连那些酷女孩也在笑，布丽迪·弗林冲我眨了下眼，我笑醒了，眼里有泪，我还在这里，而她已经远去。

我找不到活下去的理由，可也同样找不到理由去

---
1 俚语中"房子"（house）有生殖器的意思。

死。要是有个开关就好了,一个毫无痛楚、立刻就能解决问题的办法,在两次心跳的间隙让一切确实地停止。保证没有细胞会破裂,也没有血管因为希求空气而爆开,我们无须熬过撕裂般的痛楚,下坠的时候没有扑面而来的平地或巨浪,等着接纳我们破碎的、一息尚存的躯壳,还能感知到逐渐微弱的光。情绪会透过胎盘传递给胎儿,我在一本书里读到过。在我受到的重力作用下,腹中的孩子会感到羊水的波动。

我在利默里克大学读了英语和历史专业。我还有一个新闻学的硕士学位。我一再地尝试过:我写过很多不同主题的文章,谈论转基因食物、捕鲸业和针对寻求庇护者设立的直接补助系统[1];我评论过书籍、电影和戏剧;我就广告话语中植入的性别歧视写过一篇言辞激烈的专栏文章,发表在一份严肃报纸的副刊上。后来我看了这篇文章的网页版,下面跟着一长串评论,我为这些话激动不已,胸口仿佛有一团燃烧的火焰,我冲动地反

---

[1] 爱尔兰政府的直接补助系统(direct provision)设立于1999年,是一项针对难民的临时补助措施,由政府出面向那些提出庇护申请的人提供住处、教育和医疗等相关服务,每周向加入该系统的人发放二十一欧元,但不允许加入该计划的人就业工作。

击这些留言,看着自己被攻击,再为自己的立场作出有力的辩护。这个新建立的恶名让我精神抖擞,奋力回击这一类狭隘、局限、忽视细节、保守的女性主义,宣称自己倡导的是最纯粹的平等。我感到无比满足,而那家报纸再没找我写过东西。

我找不到固定工作。我能感到帕特很满意这样的状态。他迫切地想要留住我,各种意义上都是如此。我注册了代课教师的工作,没有任何回音。我登了英语研修课的广告。没人想找我上课。直到好几年后,马丁·托比找上了我,严格来说,也不是他找的,是他父亲误读了我的广告。他们开着一辆黑漆漆的SUV,停到门外的路沿上。你能叫(教)这个男孩读书吗?马丁·托比的父亲说。他在学校啥也没学到。老天保佑你。他的肤色黝黑,鼻子扁平,脸上有打斗留下的疤痕。他是一个徒手格斗的拳手,直到退役都未尝败绩。镇上流传着他吸毒、勒索保护费,倒手非法汽油[1]的小道消息。他手里捏着一张用马克笔写的褪色的广告,上面有我的手机号码和地址。那是我好几年前钉在教堂布告板上的。

---

[1] 在英国和爱尔兰存在非法走私和买卖低税率燃油的交易,导致每年上百万镑的税务损失。

他递给我一只塞满现金的信封,把车开走了,留下他儿子站在我家门口。孩子低头看着自己的脚,一言不发。他的头发是深色的,看起来很忧伤。

我还没去看我父亲。遇见那个游民女孩之后,这件事好像变得不那么紧迫了。倒也不是说我能为这两件事情找到某种切实的联系。明天,也许吧。我父亲会整天站在客厅的窗边,看着外面,等待我的出现。他的橱柜里放着巧克力碎片饼干,因为他知道我喜欢。他会准备一些地道的咖啡,把饼干和咖啡摆在法压壶旁边,壶是他在奥乐齐超市买的,虽然他根本不知道怎么用。他单纯是为我买的,因为他知道我喜欢那种操作复杂的咖啡。我想象着他站在一排超市货架前,拿起一个又一个法压壶,仔细查看一番再放下,试着弄明白它们的差异,担心自己买错了,还问收银员他是不是买对了这种壶用的咖啡。

想到我父亲让我觉得头昏脑胀。我就是不想。我就是不想去想他。但明天我肯定会去见他的。我会告诉他我很好,帕特工作很努力,也很忙,我在给杂志写点小东西,出版了我会带去给他看,而他会说,噢,上帝,带来吧，一定要带来。我很乐意读一读。有次他读了一篇我给一份周日报纸写的文章，内容是关于堕胎的，我看到他的脸涨红了，一遍遍地拿下眼镜擦拭，然后再戴上去，好像读我写的东西会弄痛他的眼睛，必须经常停下来缓一缓。我听到他一边读一边发出嗯的声音。他读完后把报纸对折了两次，看着我说，写得棒极了，亲爱的，很棒的文章，然后他提早了一个小时去教堂。

今天我感到一阵想提升自己身体状态的冲动。早晨我开车去了镇上，买了叶酸补充剂和补铁片剂。我向柜台后的女孩咨询哪种对孕妇来说是安全的。她的嗓音轻柔舒缓，可我听不清她说的话：我的视线和思绪都被其他柜台前的人占据了，他们拉着孩子的手，忍耐他们的烦扰，同时又很快乐，是正常人的样子。

这些小瓶子被摆在厨房桌子上，我的笔记本电脑前面。我打字的动作会带动不平整的桌腿轻轻摇晃。那些瓶子也欢快地摇动着，好像小孩子在说，看我，看我，看看我。我跟帕特说过一百万次，要他修好这张桌子。我感到一阵轻微的烦躁，很容易就会引爆成愤怒。想想看，在经过这一切之后，我还对他有所留恋。我要尝试把注意力集中在呼吸上，慢慢地吸气，呼气，专注于自身。敲打这些按键，看着这些单词组成句子，这让我感到安心。我要记得把它们都删掉。

马丁·托比来上课的时候都坐这张椅子，我坐在他对面，背对着窗户和光线。每次他一来帕特就会出去，去训练，去俱乐部，要不就是为了教区事务、曲棍球或其他目的去跟人碰面，都是些我早就不感兴趣的事情。如果他们在厨房或门厅里擦肩而过，就相互随意地点点头。马丁·托比说话总是很轻。他的肤色很深，头发浓密漆黑，把他眼睛的颜色衬得更浅，是那种温柔的婴儿蓝。他的眼里似乎总是弥漫着忧愁，总是一副快要哭出来的样子。他第一次来上课是一年前，或者稍微再早一些。第一堂课的两个小时里，他几乎没说一句话。他坐在我的厨房桌边，面前放着一杯茶和一碟巧克力饼干，他都没碰。他低着头，皮肤被太阳晒得黝黑，两颊却透着青红。他紧握着双手放在膝上，像个窘迫的祷告者。我问他认不认识字母表。他摇了摇头，仍然看着下方。我没有给初学者的学习材料。我没想过要教人认字。我准备的教材是低年级和高年级学生规定要读的莎士比亚剧本，还有约翰·基恩、肖恩·奥凯西[1]、卡瓦纳和耶茨[2]，现代小说和短文写作。可是那个油迹斑斑的信封里的钞票看起来那么诱人，于是我想，这能有多难呢？我用黑色粗马克笔在一张招贴纸上写了大写和小写的字母表。他的视线跟着我的手移动。我大声地念给他听，念得很慢。我每发一个音，他就轻轻地点一下头。我把他的名字写下来给他看。你能认出来吗？

他摇摇头。这会儿我看到了他的眼泪。他抬起一只大手擦了擦眼睛。我太笨了，他低声道。我太笨了，小姐。

这个孩子哪儿都不会去。我竟然能这么肯定，这真是滑稽。要是我不吃东西，它就会从我的血液和软化的肌肉里汲取养分。在孕吐开始以前，在第一次抽筋的那天以前，从我听任事情发生的那一刻起，伴随着某种命运不可抵挡的信念自行其是的感觉，我就已经知道了。

---

[1] 约翰·基恩（John B. Keane, 1928—2002）、肖恩·奥凯西（Sean O'Casey, 1880—1964），均为爱尔兰著名剧作家。
[2] 帕特里克·卡瓦纳（Patrick Kavanagh, 1905—1967），爱尔兰诗人。理查德·耶茨（Richard Yates, 1926—1992），美国小说家，被誉为"焦虑时代的伟大作家"。

我的第一次和第二次流产都是在夜里,每次我都梦见了母亲,醒来时感到一阵剧烈的灼痛,发现自己浸在黏稠的深色血泊里。天亮后我会想起那些梦,只是模糊的印象:母亲在对我微笑,她活着的时候从没对我笑过,她冰冷的手轻轻摁在我的脸颊上,对我说,别担心,我的宝贝,别担心。

昨天帕特打了我的手机,当时已经很晚了。他还有什么必须要对我说的话呢?我听着它响,直到挂断,他没有留言,也没有再打来。

十六周

今天我又开车去阿什顿路了。我在入口处的停泊点放慢车速,几乎在那里停下。我沿着泥泞的大路往里看,只看到一个小孩和一条狗,还有一匹拴在一道围栏上的小马驹,那个孩子静静地站在那里看着我,直到我再次开走。我想不到任何一个促使我开车到那里去的理由。我感到某种不知名的渴望萦绕心间,只有到那里去才能缓和这种感觉。我隐约感到可以在那里寻得一条出路,打破这个僵局,让我看清需要做些什么,靠什么才能找到真实的自我。一个游民的营地,一个陌生的地方,满是我无法理解的人和事,或许能为我提供某种洞见，某个清晰的视角，从眼下这个不体面的处境里寻得解脱。我还记得那个女孩的声音，她果敢的眼神，和马丁·托比眼里的忧伤一样明亮清晰。我是在寻找什么？

我的身上有些无法弥合的缺陷。我的脑袋出了点问题，让我不能做一个正常人。哪个正常人会做出我干的这些事？会像我这样考虑事情？那天晚上，马丁·托比穿衣服的时候，我对他说我很抱歉，他必须要离开，他不能再回来了。他在门口转过身来看着我说，我爱你，小姐，我会为你杀掉任何男人。这突如其来的宣言让我大笑出声，让我得以瞥见他在我家以外的生活的一角。他每周三晚上过来，坐在我的厨房桌边看两小时小人书，弓着背，涨红了脸，每次他不用我的帮助念完一句句子，我就会表扬他，而他会抬起头冲我笑笑。也许是我的笑声鼓励了他，要不就是他从中感到了几分含糊的邀请，他说，拜托，小姐，别赶我走。我又笑了起来，为他的用词和那种老派的口吻，我抬起手盖在脸上，站在走廊里哭了一会儿，他没动，还是面朝向我站在原来的地方，夕照勾勒出他美丽脸庞的轮廓，点亮了他的蓝眼睛，又在他的泪水里散成光晕。

有些时候，帕特和我会暂停对彼此的攻击，理智地谈论我们的疯狂。那是些宁静的时刻，只听得到呼吸的声音，我们头脑里的轰鸣还在继续，围绕在战场四周的尘世却如此安宁，我们看着天空中打转的小鸟，坐上一会儿，疲倦地同意休战，心里空落落的。我们在一起的时候还太年轻，我们都同意这一点。要是我们等到二十多岁再结婚，情况就会好得多。我们应该多看看世界，少专注于对方，把精力多分一点给其他人。我们把彼此绑得太紧了，我们是两个人，可我们在分享同一种生活，于是我们每人只能过一半的生活。我们对彼此都不公平，对自己也是。我会说抱歉，他也说抱歉，我们为过去的一切道歉，然后收回所有说过的话，每一句话，他会过来握住我的手，看着我，我会懊悔自己的口不择言，心里涌起对他的爱意。他会离开到某个地方去，训练，工作，给什么人做个搅拌器，而我会坐在那里东想西想，偶然想起他说的这句或那句话，于是又开始生气，情绪越来越激动，最终爆发，等他回到家里，之前所有平静理智的时光都被我抛诸脑后，扭曲成新的怒火冲他而去：其他人？其他**该死的**人？什么其他人？而他总是一脸震惊，总是那样，无论同一个场面重演多少回，每次只有轻微的差异，我会一遍又一遍地骂他是个混账、恶棍、肮脏的烂杂种，而他会低下头，一副既难过又羞愧的模样，尽管那时他还没有犯下什么不可原谅的错误。

说说我是怎么发现帕特到城里去招妓的。卧室里的淋浴间地板有点漏水，厨房的天花板因此受潮鼓起了一圈深色的水渍。帕特刚从浴室里出来，我听到了浴室滑门打开的声音。我冲着楼上大吼，告诉他漏水的问题。狗屎，他也吼了起来。我会让JJ来看看。

我拿起他放在壁炉架上的手机，说，我他妈会自己打给他，因为我知道你永远不会打的，然后我听到一阵响动，好像他撞到什么东西，大声咒骂了一句，然后是一阵匆忙的脚步声，几秒后帕特光着身子瞪大了双眼站在我面前，满脸通红。他居然把那位女士的号码存成了JJ的名字，他也真够背的。帕特，全世界都在审视你，或者是那些逝去的母亲们，全都伸出长长的手指指点着，一阵无由来的冷风不经意地改变了所有事情的走向。

一个温柔的女声响了起来，**装出来**的诱惑语气，假装喘息着说：帕特？你好啊，亲爱的。

帕特猛扑过来，手机在地上摔成了碎片，我倒在躺椅的边缘上，它翻到了，我重重地侧摔了下去。帕特捡起 SIM 卡，眼里满是惊恐，他把卡片塞进嘴里吞了下去。他干呕起来，鼓着眼睛，胸口剧烈起伏，SIM 卡又从他嘴里飞了出来，躺在我的硬木地板中央，周围是一小摊黏液。我把脚伸过去压住它，不让他拿到。

我还躺在地上。帕特光着湿漉漉的屁股坐到沙发上，他的老二因为恐惧和羞愧颤抖着缩了回去，像是要躲进他体内。他叹了口气，肩膀垮了下来，一股脑儿地坦白了。

电话里的女人在城里照看一群姑娘。不是站街的那种，就是，不是临港路上那种可怕的老妓女，是正经生意，干净卫生的那种。他不确定事情一开始是怎么发生的。就是随便聊聊，都是胡闹，是那种很机械的事情，找点刺激，就像到国外去玩快艇滑翔伞，或者嗑药，或者跟小混混打架。就是性，就是……我们都不能亲她们的。

我们？

俱乐部里的几个人。多少次？我没数过。一两次。

就几次，再没有过了。哦，也许是六次。肯定不会超过十二次。我在"十二"这个数之后停下了追问，我不想再往下听，也不需要再往下了。有多少个人？每次都是同一个人。凑巧的，还是安排好的？这有什么区别？确实，我想是没有区别。一个姑娘十二次，两个姑娘一人六次，够多了，没必要再深究下去。这已经足够我想象用一把解剖刀沉默地剥掉他的皮，那个曾在好多年前，一个泛着微光的傍晚大步走下球场的男孩，他曾指着自己的心口，又指向我的心口。那个在我身旁逐渐长成男人的男孩，包裹了我，困住了我，也困住了他自己，仿佛一团纠葛的枝杈，弯曲俯压，向内蔓生。

我知道他想忏悔，让我鞭笞他的灵魂，让他重归洁净；他想要为自己的所作所为承受深重的苦难。他在用真相苦修他的肉体，我的丈夫，把他自己赤身裸体地掷到我的脚下。他想要被灼烤，用我的怒火燃尽他的罪孽。于是我什么都没说，一句话也没有，我只是从地上爬了起来，听任他光着身子在沙发上哭泣。

过去几天里我的情绪好转了一些，这些随手写下的片段让我感到轻盈了一些，推动我去关注外部的世界，在我的体内催生出某种张力，有点像运动的感觉，一个撕裂和重塑的过程，一个构建的过程。我不再那么想吐了，体内暖洋洋的，之前的恐慌不见了，那种我所做的一切都是为了走向一个终结，迫使自我坠向深渊的想法也消失了。最起码，关于那个想法的记忆开始模糊了。距离我告诉帕特怀孕的事情已经过了三周。我不知道他在哪儿，在干什么，他对他父母说了多少我们的事情，为什么他只给我打了一两次电话。

今天我在十字路口检视了一下自己的脸色，觉得还算正常，那样他看到我说的第一句话就不会是我白得像鬼一样，于是我转向我父亲的房子，尽管我心里真正想去的是宿营地，而我甚至说不出理由。再去看看那个女孩，去听她说话。去捕捉她话语中提到我孩子父亲的只言片语。我心里有个模糊的念头，说不清它到底是什么，大概是挣脱传统观念，变得既自由又狂放，从现有的处境中被拯救之类的。都是些愚蠢的想法。

我父亲站在客厅的窗边，如我所料，他弓着背，望着外面的蒙蒙细雨，还有天空中的大团阴云。他每天会花多长时间站在那里看天气，观望我的到来，同时阻止自己开车过去找我，害怕那样会给我施加压力？而我就住在不到一英里开外的地方。他就是想看看我，知道我过得还好，因为他没法不为我担心，还因为他没法不爱我，他的爱不曾有过丝毫改变，陪着我一路从婴儿长成小女孩、少女、新娘和女人，而在我实际做过的事情里，没有一样值得他完美的爱。

你好，亲爱的，就你一个人吗？来吧，你跟春天的花儿一样讨人喜欢，你来了，进来，进来坐下。他行动的速度好像比我上次见到他的时候慢了一些，其实没过多久，也就一个月吧。他接过我带来的装杂货的袋子，对我说不用这样，还是带回我家去吧，他还有好多存货呢，噢，老天啊，他真的不缺东西。

我们在厨房的桌旁坐下，等着水烧开，我父亲不停地说话，试图填满我们之间的空隙。今天早上我一路开车到了瑟勒斯。路上我让一个男人搭了车，他竖着大拇指，想找人载他一程。一路上他都在讲他老婆的事。我想她是离开他了。还是他离开了她？反正总是谁离开了谁吧，都一样。然后，我们开过拉格饭店的时候，他问我怎么看？我只听到了一面之词，我说，我没法下判断。最后几英里路他一直板着脸，基本不看我，一到自由广场他就猛地跳下车。我还没踩刹车呢，刚打算踩。他摔门的那股力气，差点把我掀出去。老天，人有时候真够暴躁的。如今更严重了。你要是不同意他们的说法，他们就会暴跳如雷。再也没人支持辩论了。随便吧，随便啦。嗨，这些人啊。

他往前倾了一下身体，似乎要站起来，但很快又坐回到椅子上，好像突然想起自己计划好了要对我隐瞒他起身时感到的痛苦和他迟缓的行动，还有僵硬的身体将要彻底控制住他的隐患。只为了不让我担忧，不让我有丝毫的烦扰。

我说，你还好吗，爸爸？

他说，我很好，亲爱的，我很好。噢，老天，我不能再好了。

我问他是不是觉得关节僵硬，他说，还行吧，不比平常严重。

我跟他说我来泡茶，他说，噢，好的，噢，去吧，好姑娘。谢谢你，亲爱的。他的嗓音粗哑，碎裂成一记轻柔的叹息，在我走向炉灶的时候渐渐淡去。

走过他身边时，我眼角的余光扫过他的手，比上次更瘦了，要我说，它们每一周、每一天都在不断消瘦下去。我又瞟了一眼他的眼睛，觉得他在哭。我走到炉灶前，站定不动，背对着他，一只手握着水壶的把手，听着身后的动静，等待着，给他时间，我哼着歌，假装不知道他的眼泪已经无声地背叛了他。

我等了好一阵子，其间我一直在哼歌。然后他的声音传了过来，平缓的语调中夹杂着小心，不比低语更大声。我仍然背对着他，听他说话。

我要出去一下，我想了想，还是要把桶从路上拿进来。

好的，爸爸，我来给你倒茶。

谢谢你，亲爱的，他说。我依然背对着他。我要留给他足够的时间，等他将自己从椅子里撑起来，不让我看到这个过程有多艰难。

一个又一个哭泣的男人。我都算不上漂亮。我的身材不错，我心里清楚，要是花点力气打扮，样子还算过得去，另外我看起来还挺年轻的。大多数情况下，我的皮肤状态都不错。是哪一面的我击垮了他们呢？我是个坏人，毫无疑问。我的心底毫无善意。我能感到善意，也能用善意去思考，可是我无法表现出来，或者成为一个善良的人，就像我父亲那样，天生就是一个无私的人，就连他的骨髓里都流淌着善意，他的灵魂纯白无瑕。我知道如何才能做一个善良的人，我一直都知道，可我就是做不到。我一向如此。年幼的我背弃了父亲的爱，直到现在才想着要把这份爱找回来，在我别无其他选择的时候。我把布丽迪·弗林丢弃在了火焰里。上帝啊，原谅我，我真的那么做了。我不知道自己怎么会变成这样，或者为什么会变成这样。我看不到生存的意义，也从来没有看清过。

布丽迪·弗林应该还活在这世上，当一个科学家、医生、演员、谐星或伟大的小说家，可我为了别人背弃了她，在她唯一一次问我缘由的时候忽视了她，我知道她临终前肯定一直想着我。这话听起来可真够自负的，可我知道她有多爱我，而我又是怎么伤了她的心。我本可以救她的，布丽迪·弗林。但那些酷女孩讨厌她，要是我还跟布丽迪做朋友，我就不能加入她们，而我要是不能加入她们，也就不可能保住帕特，于是我加入了那群人，开始排挤她，害她终日流泪。我把她的秘密说了出去，那些她在被子底下告诉我的秘密，她握着我的手，对我说，你能发誓吗，梅洛迪，你不会告诉任何人？我亲吻她泪湿的脸颊，抚摸她的头发，发誓说我不会的。后来那些可怕的秘密变成黑板上的粉笔字，白板上的马克笔迹，墙上和厕所门上的涂鸦，遍布了整个学校，布丽迪·弗林的世界崩塌了，留给她的只有灼烈的痛楚。也许她最终还是会那么做的，在别的时候，用别的方式，或者结局早已经注定。可我在其中扮演了某个角色。我成了挥舞刺杖的恶魔之一。

十七周

今天我又去了宿营地,这回我直接开了进去,甚至都没想好,要是在里面遇到什么人,该对他们说些什么。我在靠近入口的地方停下车,穿过小路,走上拖车的台阶,站到那个女孩的门前。我敲了敲门,没有回应,里面也没有动静。我回到车里,一群嬉闹的孩子把车围了起来。车子没法启动。除了按键的咔嗒声,发动机毫无反应。

一个小男孩指挥我说,把车打开,我们帮你看看。他穿着一件高领扣白衬衣,松松垮垮地挂在定制西裤外面,好像他正要穿戴整齐去参加婚礼。他的锅盖头剪得不大平整，圆乎乎的脸上都是雀斑。他说起话来像把机关枪，一副好为人师的口气，好像酒吧里那种爱吹牛的家伙，同时又有一副老油条恶棍假装满不在乎的做派。我拉起脚边的操纵杆，打开引擎盖。他钻了下去，没过几秒钟就爬了出来，大吼着症结所在：电池短路啦，小姐。别但（担）心。我来帮你修好，没闻（问）题。他看起来一副断奶没多久的样子。

结果他倒真修好了。电池周围的东西太多了，小姐。连接断掉了，啊，有块松掉的金属片挂在那里，啊，在你的引擎盖里面。我帮你修得好好的了。我把它嵌得又牢又好啦。我这活儿干得正（真）漂亮。我来帮你搭电启动[1]。等着，我去开我老爸的面包车，让它带你一把。

他穿过满是轮胎印的场地，身后是一群哄闹的小跟班，这时那个女孩的拖车门开了，她站在那儿，还是打扮得很亮眼，不过这回她的编发散开了，紧身牛仔裤换成了宽松运动裤，她的脸肿着，眼睛红红的。她哭过了。我去了她俭朴的家里，坐在包着塑料布的沙发上，

---

[1] 也称跨接、借电，将另一台车辆的电池或其他外部电源连接到启动电池耗尽的车辆上，以此来启动。

面前是一张明晃晃的富美家桌子。她看向小房间的远端，眺望着窗外的动静。我的小男子汉设法弄来了一辆白色大面包车，停在我出了毛病的车旁，正在把两台引擎的黑红引线接在一起，活像条四头蛇，他的跟班们则忙着在两辆车里爬进爬出，相互喊着指令。我问她出了什么事。

什么都没有，我就是得了倒霉的花粉热。

对害花粉热的人来说，你这儿的鲜花倒不少。

我骗不到你，小姐。

拜托，叫我梅洛迪就好。你为什么哭啊？

就是些蠢事。我的姐妹们刚才都到镇上去了，她们要去买表亲婚礼上穿的伴娘裙，而我给留下了。为了这么点事哭鼻子。我都不想当伴娘。我就是特别想到镇上去。就去看看。就是，嗯，出去一趟。做点正常的事。

你可以跟我一起去镇上，现在去，要是你愿意的话。

我不能去。会出人命的。每秒钟都有人盯着我。

你的姐妹们为什么丢下你？

我是家族的耻辱。

然后她给我讲了她的故事，我听着，一次也没有打断她。她叫玛丽·克罗瑟瑞,今年十九岁。

玛丽·克罗瑟瑞絮絮地说着,她的语速很快,偶尔会让舌头打个磕绊。她说:我离开布奇的方式不光彩。大家都是那么说的。我是从他身边逃跑的。妈妈跟我所有的姐妹和表亲都说了,让她们别理我。我是个坏榜样。她们对他兄弟和家里的其他人都很生气。但现在都过去了,她们对我坏得要命。我惹了大麻烦。这太叫人难受了,被人忽视。我从来不知道她们能这样伤害我。我是所有人里年纪最大的。应该由我来决定谁要受苦,谁会得宠。

我回来的第一晚,我的小玛格丽特和布丽奇都来看我,靠在我的膝头,闻(问)我还好吗,拿给我看那些漂亮的钩针编毯和小靴子,都是她们做给我从来没怀上过的孩子的。看到她们的时候,我的心都要碎了,我们搂作一团,连我的小弟弟都站在门外,看得出来他很难过,一切都让人感觉那么好,那么安全。可是第二天我就被排挤了,再没有人多看我一眼。我很清楚发生了什么,妈妈的想法变了,她跟他们说,我闹了这么一大出,给全家丢了脸,现在我们跟弗兰家有大麻烦了,除非她点头，谁也不许理我，谁都不许进去安慰那位小姐，也不许去查看她的状况，那个人是祸害，她没指望了，就这样。我知道她就是这么说的，好像这些话就是在我耳边说的一样。她不是你们的姐姐，那个人，她不是个好姐姐。

还记得他们在拉斯基尔那个教堂外面砍倒的那棵树吗？树干里有圣母玛利亚的形象？不久前有一天我们都要过去看看，我和玛格丽特和布丽奇和我的表姐妹玛丽-安妮和玛丽-玛利亚和玛格丽特-玛丽和她们的孩子和所有男孩和其他人，我们都要去看树桩里玛利亚的圣影，对她祈祷，为所有死掉的马丁们和奶奶和爷爷和所有其他离开我们的虔诚的人，所有人都坐进了吉普车和面包车和妈妈的车里，就在我们要出发的时候，妈妈拉长了脸挤过来说，她不能去，那个人不能去，她指着我，我坐在她那辆车的后排，在玛丽-安妮和玛格丽特-玛丽中间，身上还坐着两个小的，我得从一堆人里挤出来，弄得一塌糊涂，爸爸就说，啊，老天啊，你就不能让她去吗？妈妈就说，不，不行，没有地方了，没有地方了，我必须下车，因为车里人太多了。可我知道她还在为我离开布丽奇的事情生气，怪我让家里所有人蒙羞。

看着他们把车开走，我的心痛得要命。玛丽-安妮和布丽奇和玛格丽特和玛丽-玛丽安和玛格丽特-玛丽都在朝我挥手，给我送飞吻，冲着我大笑，而我就那样打扮停当站在空院子里。我哭得很厉害，而我本来是个成熟的女人。然后就是今天去看伴娘礼服这件事。这种感觉太可怕了，好像现在我就只是她们的笑料，而我的心痛根本不重要。

又有谁的心痛重要呢？我有点想问她，可我忍住了。对这机械般向前推进的生活和茫然洞穿一切的时间而言，谁的心痛都无关紧要。我们都被拉扯着向前，挣脱不得。

她说我的眼睛很漂亮，还问我预产期是什么时候。刚满四个月，我告诉她，又问她是怎么看出来的。我还没开始显怀。

她说她就是能感觉到。我有这方面的预感，她说。是从我奶奶那里继承来的。隔了一代人，总是那样。我的阿姨们都没有，我妈妈也没有。我总能感觉到一个女孩怀孕了，比她自己知道得还早。要是怀孕期间出了问题我也能感觉到：我会感到胸口痛，感到恐惧的负累。

我知道负累的滋味，还有恐惧。那是空虚和渴望带来的负担，渴望被触碰，渴望被丢弃。不过我没有把我的感受说给玛丽·克罗瑟瑞听，因为我是在对马丁·托比昏了头的那个早晨产生这种感觉的，他坐在那里，慢慢地，一句一句地读书，我俯在他上方，伸手去抚弄他的头发，然后是他的脸，在他抬头看我的时候，我用沉默和眼神示意他可以吻我，于是他那么做了，突然间他站起来撕开我的衬衣，我们在地板上做爱，之后又到我的床上做了一次，做完最后一次，他准备离开之前，发誓说可以为我杀掉任何人，还说他会一直爱我，在我给他上课的一整年里，他还没有一口气对我说过这么多话。

他是那么像过去的帕特，尽管他们的身体很不一样。一个男孩，充满了渴望。一个隐藏在坚实肌肉和粗糙皮肤之下的男孩，就是一个孩子。他的手宽大有力，但还是一个孩子的手。

我们要读什么，马丁？

《帽子里的猫》，小姐。

为什么？

我喜欢那只猫伙计。他可会闯祸了。

好吧，亲爱的，我说。这就是我们交谈的方式。我会把手移到他低着的头上,把他乱糟糟的深色头发从眼前拨开,轻抚他的脸颊,感受他的温度,我总能勉强按捺住自己的欲望,直到我们最后一次见面。

所以有我的父亲。还有帕特。还有马丁·托比。还有布丽迪·弗林。还有所有没能保住的孩子。还有我,坐在阳光充裕的房间里,我的硬橡木餐桌前。我的脑海里铺展开一幅阴森的透景画,而我处在中心的位置,倒不是自恋,而是为了简化。我交握着双手搁在桌面上。桌上什么都没有。我的身旁有一个活生生的孩子,睡着了,我想是的。按照大多数人的说法,婴儿们大部分时间都在睡觉。我不知道他们会不会做梦。他们会梦见什么呢?只有黑暗吧,肯定是那样,也有微弱的声响。

爸爸,帕特,马丁,布丽迪,我死去的孩子们,我死去的母亲,围绕我和我活着的孩子刻下椭圆形的轨迹,此消彼长,相互交错,于是他们和我的距离不断变化。他们被我吸引,被我本质里可怕的混乱吸引,机械而沉默,犹如飞驰的彗星,盲目地遵循物理法则的指引,画出无可阻挡的弧线,奔向他们的结局。我是一个黑洞,一片扭曲的真空,这些活生生的人在我的表层运转，而这些幽灵早已被拽出自己的轨道，化作微粒。

有一天布丽迪·弗林来了，站在我的写字桌前，她的脸上有抓痕和血迹，她的一撮头发松落了，一缕缕轻柔地掉到地板上，和她打架的那些女孩，我的新朋友们，在她身后起哄嗤笑，男生们大笑着喊她粉刺脸、拉拉弗林、布丽迪怪胎哟，她说，求求你，梅洛迪，别让我一个人面对这些，而我低头看着地理书，看着封皮上的蓝绿色地球，我哭了，一滴眼泪落在太平洋的位置上，可我坐着没动。

有一天我对帕特说他让人恶心，我是真心的，他也知道我是真心的，他很震惊，离开了我们的房子，再没有回来。当时他站在我身后，吻我的肩膀，双手环在我腰上，一只手向上摸去，另一只向下。我用力顶起他正在亲吻的肩头，感到骨头撞上了柔软的脸肉和牙齿。

耶稣啊，梅洛迪，你发什么疯呢？

哦，放开我，你叫人恶心，我说，我转过脸对着他。他半张着嘴，用食指缓缓地摸着上嘴唇；他想要说话，却说不出来，他的思绪陷入了惊讶、迷茫和突如其来的痛楚引发的突触阻塞中。

我是这样吗？最后他只说了这一句。我真的是这样吗?他有理由这样问。

我紧咬着牙,低声说出了我的答案。是的,帕特,你叫人恶心。你他妈的恶心透了。话已至此,信以为真,从此一切都变得稀松平常,我们得以释放自己,尽情地堕落在粗俗的谩骂之中,我们的用词变得越来越没有底线。我们真的沉溺其中。我们听任心中的怒火化作这个疯狂的、活生生的东西。它成了我们的孩子,我们痛苦的化身。

十八周

噢,是啊,我快要疯了,显然如此。要不就是我已经疯了。今天帕特的母亲这么对我说。我一向是个坏婊子,现在我还是个疯婊子了。一个发疯的坏婊子。还是个荡妇。这么说来,帕特终于吐露了真相。他隐瞒了很长一段时间。从我告诉他这个孩子的事情以后,已经过去了六周。艾格尼丝说:网上搞来的肮脏下贱的东西,想想吧。

我差点要说,不是那样的,艾格尼丝。我只是那样告诉帕特的,免得他想自我了断。是我一直在教阅读的那个游民小孩,我对此无能为力。我没法控制自己,像一个站在岸边的孩子，背朝大海，被涌来的海浪盖过，扑倒。你知道那是怎么回事。好了，艾格尼丝，闪一边去吧，我受够你和你的小崽子了。闪一边去，别他妈再来折磨我。

可我没有打断她的怒吼，想着至少这是我欠她的，我给她的家门带去了不幸。她是自己开门进来的。我在走廊里撞见她的时候尖叫了一声。我又在犯恶心，刚结束一阵狂吐，马桶里的呕吐物还没冲干净。她上下打量了我两遍。她舔了舔嘴唇，咂了下嘴，掂量着开口的时机。她的鹰钩鼻头皱了起来。她冲着我的腹部开了口，声音低得几乎听不清。

你们结婚的这些年，我什么都没说过，即使我很清楚，你会让他的日子很难过。我们怎么会让他跟你结婚的？我郑重警告过帕特，小姐，你会是个大麻烦。他应该娶一个更好的人。我跟他说了你配不上他，你们订婚以后我还跟他说了好几回。我掏心掏肺地想让他恢复理智。噢，你从第一天起就对他百般诱惑，你为了勾引我可怜的小家伙什么都干了，我一点儿也不怀疑。现在不是已经证明了你是个什么样的人吗？噢，耶稣啊，想想看吧！居然是网上搞来的肮脏下贱的东西！你都不能为我的帕特在肚子里留个种！好吧，你知道吗？感谢上帝。是的！感谢上帝没有孩子被牵扯进来，只有你怀着的这东西，愿上帝明察，要是还有公义，你也怀不了多久了。你竟敢那样看我，小姐。你还想评判我不成。主啊，花了这么多年的心血养育他，我的帕特竟然娶了一个垃圾，上帝原谅我这么说吧！

然后她看着我，细长的眉毛挑得老高，像是在等我同意她的话，然后再强调一遍，我是一个……

垃圾。

玛丽·克罗瑟瑞说：布奇花钱让我去做扫描和检查和所有那些东西，看他们能不能找到我没法怀孕的原因。从我们开始度蜜月的那一刻，到我从他身边逃跑的那天，我们一直在尝试，不分早晚。我爱他，小姐。我不介意一直跟他做这件事。有一两次我酸痛得厉害，下面那地方，可我什么都没说，那样他就不会伤脑筋。他伤脑筋的样子真的很怪，就是不停地抽烟，坐在拖车里看电视，特别僵硬，坐得笔挺，那副样子就是警告他身边的人，可别费劲开口说话，没指望的。但他从来没对我动过手，也没骂过我。我看到过那个地方的姑娘被拽着头发拖来拖去，为一点无关紧要的事情骂她们是傻子，晚饭没煮好啦，要不就是只有男人看得出来，其他人谁也注意不到的冒犯。布奇性子很硬，就算那样，他对我还是很温柔，他对我很好。

怎么说呢，我们结婚之前达成了某种协议。我不是被谁买了或者被卖掉了，不是那样的，但是有钱转了手，达成了某种共识，就某些东西的分配来说，如果我们没有结婚是拿不到的。这桩婚事对爸爸和男孩子们都有好处，还意味着妈妈拿到了一大堆她想了好久的东西。现在这些事情都压在我身上了。有次在北爱尔兰我一个表亲的婚礼上，一个家伙跟我搭讪，那时候我还没跟布奇在一起，那个人搂住我，对我说我很漂亮，还想把我的手机抢过去给自己打电话，好拿到我的号码。这时布奇突然跳了出来，跟那个爱尔兰人说我是他的未婚妻，那个人看了看他，说他很抱歉，他只对着我说话，问我是不是真的，我说是的，布奇看上去要气炸了，那个爱尔兰人摇着头走了，那是我第一次知道自己要结婚了，而我还不到十六岁，那年底我就搬进了布奇的拖车，我们住在一个叫肯特的地方，很远，在英国。英格兰的花园，他们是那么叫的。不过那地方没多少花。

艾格尼丝说：他当时在谈一段很有希望的恋爱，你知道吗，跟一个沃尔什家的姑娘，她至少会继承一片农场，她的父母都是镇上有地位的生意人，她叔叔在城里有产业，她在给他当学徒等等。上帝啊，想想她的背景……他们会组成一个很棒的小家庭。哦，看到他从小路上开心地走过来，脸上挂着蠢笑，身后还跟着你，我的心被结结实实地灼痛了，我可爱的芭芭拉·沃尔什就被丢到一边……就像……就像一个……**垃圾**！之后好几年我去做弥撒都不敢抬头，就怕对上她母亲的视线。我跟他说过你是个浪荡的女人。我告诉过帕迪的。我说街上的狗都不会想要闻你身上的味道寻开心。我跟他说了，都说了，要是跟你这样的人搅在一起我们就要在邻居面前丢人现眼好一阵。我跟我的帕特说了。她配不上你，我说。可你有你的手段。现在你把他榨干了，彻底毁了他。你夺走了他的一切。我的帕特，我可怜的小傻瓜，你扯碎了他的心和灵魂，把他的生活搞得一团糟，他都没法抬起头做人了。哦，主啊，耶稣啊，只要想到这些……噢，上帝啊。

她抽泣着，停下来换口气，轻拭眼泪，擤了擤她的窄鼻子，而我开了口，把一切都讲给她听，她可怜的小傻瓜，她可爱的孩子，我了不起的男人，我完美的蓝眼睛爱人，告诉她他花了多长时间在手提电脑上看色情影片，收集这样那样的想法，到城里去，拿出他的全部精力，跟她上床，在她身上埋头苦干，在她身体里攀上巅峰，事后，挪开他潮红汗湿的身体，喘着气重新穿上裤子，等着刚刚承受过他的冲撞，此刻躺在矮床上的黑发姑娘给他一个微笑的反馈，起码是一个吻，稍微减轻他心上的负担，而她整理着自己，等待下一个顾客的到来。

玛丽·克罗瑟瑞说：你随时想来都可以。任何你感觉孤单的时候。我也一样很孤单。这话没什么好羞耻的。我一向都是一个人。我妈妈从不来找我，来就是带点杂货，再跟我说我一点用处都没有。我会留心好你给我的那本书的，要是爸爸或妈妈闻（问）起我就说你在教我读书。我把它放到那堆东西最顶上了。我会说你是地方服务机构的人。你是被派来弥补我辍学的问题的，我什么都不懂，不认字也不会数数。我看到你的第一眼就知道你是个好人。所以我才跟你说布奇和其他那些事。不过别跟其他人讲。你什么时候再来看我?

我不确定我还能不能来,玛丽。

当然可以了。你真漂亮,小姐。再说一遍你的名字?

谢谢你,玛丽,你也很漂亮。梅洛迪·席伊。

这名字太棒了,真的。我离开的时候,她脸红了,把编发拉过来遮住脸,说:我们是一样的人,你知道吗,你和我。

艾格尼丝说:你鳏居的老父亲呢?我不明白,你会害死他的,这个不幸的可怜人。

我不确定自己回答了什么,不过大致是这个意思:艾格尼丝,你知道帕特恨你吗?帕迪也恨你。菲德玛尔之所以要自杀也是因为你。你是个贱货,艾格尼丝。早在我出现以前他们的生活就被你毁光了。沃尔什家是不会把他们的小芭芭拉嫁给你们家的人的,过一百万年也不会。他们那样的人就算看到你身上着火都懒得冲你撒尿,艾格尼丝。在他们眼里你就是个笑话,你这副卑躬屈膝的谄媚劲儿。你为我父亲操什么心呐?当然啦,我要是垃圾,生我的也只会是垃圾。他肯定愿意看到我跟一个正常男人怀了孩子,而不是跟你的帕特宝贝这样要命的怪胎。看看他手提电脑上的搜索记录,看看你作何感想。他总是忘记清掉。我跟他约会的时候他还在尿床呢。是我教会他上厕所的。他现在还会从梦里哭醒,汗淋淋地说,走开,妈咪,走开,妈咪。我不知道他为什么那么说,反正也不关我的事了,感谢上帝。现在走开吧,对着你的搅拌碗哭去吧,好好做完你的事,把可怜的帕迪折磨到死。别再来我家了。要是我再看到你的脸,我就打烂它。

她的眼里又盈满了泪水,她的样子变得好老,突然显出了疲态。她脸部的皮肤不再闪烁愤怒的光晕,我眼睁睁地看着她垮了下去,好像一张软塌塌的薄煎饼,布满了褶皱和青红的细小血管。她转过身去,大衣的腰带一头很长,孤零零地拖在她身后的地板上。她往停车的地方走去,那辆屎棕色的马驰车挡住了邻居家的大门。她走到半路,我轻轻地喊了她一声,她站住了。

我不该那么说的,艾格尼丝。一句都不该说。我那么说只是想伤害你。

她低低地笑了一声,像是疲倦的嘲弄,她转过来面朝向我,我站在门前的台阶上,双臂交叠在胸前,搭在我略微隆起的腹部,她的眼神在那里停留了一会儿,我的右手无意识地滑下去做出一个保护的动作,她说,我知道那么年轻就没了母亲是什么感受。

她打住了,好像在犹豫还要不要说下去,但她还是说了,声音很低沉,她始终没看我,而是盯着我肩膀后面的某个地方。我总是能从你身上感觉到,那种失去的感受,悲伤的负累,我的心也会向你靠拢。我们本来可以成为朋友的,你想过吗,如果你不是那么轻浮浪荡,总是静不下来,总是折磨帕特,他一天天的从不知道你又会怎么对他捅刀子。你本可以随时到我的厨房来,坐下来喝杯茶,跟我聊聊天,我肯定会很高兴的。可是瞧啊,事情已经这样了,我们没法指望水倒流回去。事已至此,我们不是一路人,我保证不会再来烦你,你尽可以一个人待着,让帕特振作起来好好活下去,除了再见,我们什么都别说了。

于是我说,再见,艾格尼丝,她点点头,我看着她把引擎盖上的一只猫赶跑,然后开车走了,大衣的腰带从车门缝里钻出来扑荡着。

这是我很久以来第一次做成了一件事。艾格尼丝和我终于为了彼此的体面握手言和。不过本来也没什么好争的。她一向都在容忍我,我对她也是同样的态度。玛丽·克罗瑟瑞给我讲了个故事,于是我自觉应该回报她一个,可我有什么好说的呢?我嫁给了初吻的男孩。我上了四年大学,其间没吻过除他以外的任何人,也没跟别人牵过手,或是和别的男孩就着汗湿的欲望夜半私语。到大二末的时候,我开始找他的碴,我会让他到我宿舍的小床上过夜,有时却背对着他,我会挥开他的手,不回应他的吻,而他会说,怎么了,梅洛迪?出什么事了?我做了什么?而我从来不会给出他能够理解的回答,连我自己都说不清楚。天刚破晓他就要到当学徒的地方去,脸色苍白,疲惫不堪,挂着很重的黑眼圈,有些早晨我甚至不跟他说再见。可他还是跟我在一起,而我也害怕会失去他,我们坚持要跟彼此结婚,把自己放倒在这张灼烧着痛苦的床榻上,这痛楚让人恐惧,却又如此熟悉,舒适,甚至成了一种习惯。

并不全是糟糕的。我也并非一无是处。我不是无可挽救的恶魔。我读过一遍自己写的东西,大约一个月前,可能还要更早一点,我认不出文字里的自己,可我知道我写的都是真的。那些文字依然存在,藏在我笔记本电脑的一个桌面文件夹里，它们不是毫无意义的。是你吗，宝贝？是你让我写下这些东西的吗？从我幽暗的体内，我身上唯一温暖的地方驱使着我？是你在对我低声细语，让我给你讲个故事吗？

十九周

如今我在这里,每天都在一辆拖车里度过,教另一个年轻的游民阅读。她是马丁·托比的亲族,从他出生后不久就认识他了,直到他被带上路去工作以前,一直住在距离他只有几个停泊点的地方。她和我肚子里的孩子也有亲缘关系。我在这里,听她说话,因为没有别的人愿意听她倾诉,而我也一样,我假装只是来教她阅读的,对她母亲伪装成官方机构派来的人。我在这里,一天天地坐着,听她说话,拿着字母卡片和词汇卡片,任她温柔的声音抚慰我的心绪。我坐在一扇窗户旁边,能够看到托比家空荡荡的停泊点。我在等他回来。这就是我在做的事吗？我身上肯定出了严重的问题。

今天又有人来敲门，门铃响的时候，我还穿着睡袍，正坐着喝绿茶，厨房里的钟停了，不过阳光没能完全照亮后窗的上沿，微尘在光束中飞扬，所以现在肯定是上午十点左右。那里站着两个男人，他们看上去很面熟。其中一个脸上挂着笑容，另一个板着脸，笑的那个人冲我举着一块写字板，上面是一排潦草的签名。后面有一个性侵犯，在这片区域搞到了一幢房子。就在小区往前一点的地方。十一号。他做了什么？他对未成年人的身体有不合法的了解，因而被判有罪，那个严肃的男人说。他服刑结束之后申请了住处，就被分配到了这里。在我们的小区里，花的是爱尔兰纳税人的钱，那些努力工作的体面人的钱。可我们不会买账的，绝对不会。

他的大脸盘刮得很干净，皮肤红彤彤的，两道眉毛在前额中间拧作一团，气势汹汹的，好像它们憎恨彼此。他朝我递来一支圆珠笔，对我说他们需要收集签名给郡议会，他们跟假释系统的那帮人串通一气，把那个男人安置在这里，在一片私人住宅区里，一个好地方，以后这里的孩子们再也不能安心地在外面玩耍了。

什么孩子？我说。

什么？

我从来没看到过这个小区的孩子在户外玩耍。我听到过孩子的声音，在后花园里，又叫又笑。我看到过蹦床城堡和秋千架的顶端。我看到也听到过孩子们在这里生活的迹象，可我没法证实他们的存在。我不会让孩子到我的前门外面去玩，人们开车经过的速度那么快。我更担心超速行驶的问题。你们有那方面的请愿书吗？

那个微笑的男人脸上的笑容也消失了，之前就板着脸的那个人旋即变得更阴沉，两道眉毛展开了一场蓬乱的战争。

你自己有孩子吗？其中一个人问道，我说我已经生了三个了，肚子里还有一个，有一个人向我表示祝贺，也可能他们两个人都说了，我从那个大块头手里拿过圆珠笔，把它丢到我家的草坪上，很久以前就该割第一轮草了，却一直没人动手，我把写字板也拿过来，丢到另一边的草坪上。他们站在那里，目瞪口呆地看着我的动作，过了一会儿才从我门前的台阶上退下去，弯腰拿回自己的东西。他们直起身准备离开的时候，我说，出去之后把大门带上。

疯婊子,那个微笑的男人说。

而我回击道:你们就是他妈的嫉妒那个十一号里的男人。我还没碰到过一个不是性侵犯的男人呢。应该请愿把你们都赶跑。不过他们没有回头理我,而是继续往前走,马路对面的一道窗帘掀了起来,他们拐过街角,继续散布这个消息。

现在我把这一切都写下来,又重读了一遍,我没法确定这件事真的发生过,也没法确定它不是我做过的一个梦。这两种揣测都不太可靠。那两个男人不是熟人,他们的故事听起来也不像真的,他们的面容和嗓音都已变得模糊,逐渐隐散,就像梦中的人和事。

除了那两个男人的来访,或者说除了我梦见的那两个男人的来访,还发生了别的事。玛丽·克罗瑟瑞到我家来了。这点确定无疑,我可以肯定这件事情真的发生过。我有了一种预感,跟你有关的,小姐,她说,今天早上我醒来的时候想到你了。我就说我要走去找你。她穿着一条夏季连衣裙,外面罩着一件牛仔外套,脚上是一双跑鞋,看着像个洋娃娃,我突然很想把她搂到我怀里，再也不放开她。可我没有那么做。我能进来吗，小姐？

梅洛迪。

哦，对，梅洛迪。我能进来吗，小姐？我让到一边，她进了门，站在我的门厅里，她呼吸着冰凉、新鲜、甜蜜的空气，我们站在那里对视了一会儿，然后她说，你看起来不太好，小姐。我是说，梅洛迪。你怎么了？

我张开嘴，想要说些表示愤慨的话，转而放弃了这个念头。我哭了起来。玛丽·克罗瑟瑞又对我说了一遍，说她是怎么有了一种预感，它怎么能让她知道我心里有什么地方很不对劲，她又说了一次我们是一样的人，我们被联系到一起是有原因的，是要相互帮助的，安排了所有这些事情的力量是不可阻挡的。她拉起我的手，带我穿过客厅的门，让我在沙发上坐下，她说她去给我泡杯茶，之后我要冲个澡，换点漂亮的衣服，我们要到城里去，因为她的事情都做完了，妈妈的状态也不错，她想去河边的一家咖啡馆看看，她的姐妹和表姐妹们都去过了，说那里的一面墙上挂着一幅猫王的大照片。国王，她们是那样叫他的，小姐。你知道吗？主啊，他可真漂亮。

我喝下加糖的茶，冲了澡，换过衣服，然后我们开车去了镇上，玛丽·克罗瑟瑞一直在唱猫王的歌，直到我对她说她有一副好嗓子，她意识到自己有点失态了，于是住了嘴。噢，拜托，玛丽，继续唱吧，我说，但她不愿意了。现在我不能唱了，小姐，她说。因为你让我想到唱歌的人是我自己。这是不是很滑稽？

玛丽要我给她点一杯咖啡奇诺。卡布奇诺吗？对，随便那些讨厌的人是怎么叫的，她说。她听到过姐妹们谈论喝这种饮料的事情，她妒忌得快疯了，她们这些小婊子心里清楚，她们那样做就是为了激怒她，但她不会让她们称心如意，不会流露出一丝一毫的妒忌，她也不明白，她们怎么会在她离开的短短几年里变得这么坏。我在柜台那里回头看她：她坐在那里看着我，体态却很僵硬，坐得笔挺，一动不动，好像要用静止来掩饰自己的存在。她甚至没看墙上挂的猫王的黑白照片，他的背后随意地挂着一把吉他，双目下垂，他的脸完美得不可思议。她的周围是疲倦的母亲们，推着童车，拿着包，在混乱的咖啡桌间穿行，男学生们阴沉地扎堆坐在一起，不再甜蜜的情侣面对面坐着，疏离地沉默。一个瘦得吓人的女孩帮我点了两杯卡布奇诺，她的眼睛是淡褐色的。她让我去坐下,她会把咖啡端过来的。她冲我笑了笑,这微小的善意几乎让我湿了眼眶。你的眼睛要尿湿了,我父亲会说。我慢慢地走回到玛丽那里,途中发现有三个坐在远处靠墙卡座的干瘪老太婆阴沉地盯着我。我的呼吸猛地窒塞在了喉咙口。一阵呕吐感好像爆发的维苏威火山一般从我的胃里猛地升到胸口。

你找的那个人会把它们端过来吗?玛丽说话的时候没有动作。

是的,亲爱的,我说。这个称呼让我们两人都感到意外。她轻轻地眨了一下眼睛。

啊,对她很公平。她也真的很忙。她是个全能选手了,那个人。我一直在看她在那边的动作,像在飞来飞去。能看别人工作真是太好了,换换口味,不再是彼人看的那个。

被。

什么?啊,对。抱歉。被。

别说抱歉。我不该纠正你的。我很抱歉。

你该的啊,小姐。我想要你纠正我。这样我就能让妈妈看看,我是有进步的。那个小娃娃现在要跳起来了,你知道的吧。咖啡奇诺里都是你们叫什么的那东西。

咖啡因？

就是那个。

女服务生把我们的咖啡和面包端来了，玛丽说谢谢的时候都没有看她。她的手指紧紧地绞在一起。我想起了我母亲的手指，被殡仪馆的人重新摆放成富有美感的姿势，缠饰着一串与她不相称的玫瑰念珠。

玛丽在说，小姐，小姐，梅洛迪，你还好吗？

我重新找回了视线的焦点，肯定已经过去一会儿了。玛丽的双手松开了，她把杯子移到唇边，她已经尝到了第一口卡布奇诺的滋味，我给她的那杯要了巧克力粉，因为我知道她会喜欢的，她的鼻尖上留下了一点咖啡痕迹，像个小岛，往下还有一道浅褐色的泡沫胡子，看到她的样子，我尖声笑了起来。那几个盯着我的老太婆看了过来。玛丽在她的位子上扭动了几下。怎么了？

我听到其中一个老太婆说：可怜的帕特。主啊，可怜的帕特。

我从椅子上站了起来。我的视域边缘有细薄的闪光在浮动。我的心跳顿住了，之后像是要补偿停顿的时间一样狂跳起来。我感到脉搏的跳动加速，旋即又放缓，这是我熟悉的节奏；上百万根隐形的针刺向我的四肢。

我朝那几个老太婆走过去,可我感觉不到脚下的地面。玛丽在说话:小姐,小姐。

可怜的帕特?我骤然尖叫道,可怜的该死的帕特?我走到她们的卡座前,抓住那张桌子的边沿,俯身靠向她们皱缩的脸,说:去问问可怜的帕特,问问他的妓女们。问问他在利默里克奍过的那些拉脱维亚小女孩。去的时候别忘了也问问伊格内休斯·法瑞尔和布莱·恩格罗根和帕德乔·华莱士,问问他们都干过的妓女,而他们的母亲在跪着祈祷,做连续九天的祝祷和苦路祈祷[1],感恩上帝让她们的孩子娶到了好姑娘。

我往后站了一点,喘了口气,然后说完我心里的话:但愿他们都染上该死的艾滋!

我们从咖啡馆里走到街上,玛丽·克罗瑟瑞轻轻拉住我的手臂,问我是不是还好,让我平静下来,说走吧,我们回家去。这时我才开始懊悔没能让她喝完她这辈子第一杯卡布奇诺,浮着丰富的奶泡,撒了巧克力粉。为什么我就不能随她们去呢?我希望我表现得正常一点,或者起码维持表面的尊严,把我的疯狂都留给

---

[1] 苦路祈祷始自于十二世纪,欧洲各国信徒到圣地寻找耶稣受苦之路后,回家仿照圣地情景纪念耶稣受苦的恩情。

自己。

我似乎没法静下心来,也没法安抚自己的心跳:它跳动的频率很快,而且没有规律,这让我害怕。我肯定是让宝宝不高兴了。之前我感到一阵轻柔的颤动,一下微弱的震荡,这会儿他又安静下来,睡着了,我能感觉到。他的梦里会有人大喊大叫吗?那是好几个小时以前了。此刻月亮半悬在空中,而我的心情依然无法平复。玛丽·克罗瑟瑞想留下来。她想要知道为什么我丈夫不在我身边,他是不是一个坏得无可救药的人,我说,不是的,他就是一个男人,她点点头,似乎接受了这个说法,我开车送她回家,看着她打开拖车的门,我感到一阵痛楚,让我想要开口喊她,回来,回到我的房子里来,跟我一起住,每天都对我说你是我的朋友。而今我感到害怕,害怕自己丢人现眼,害怕其他人会怎样议论,害怕我父亲会听到什么风声,他的心跳会因为忧虑和恐惧加速再放缓,他会有多想帮忙,却不知道能怎么做,只好站到窗边,观望着天气,继续等待。

二十周

很久以前,我们曾在海滩上过了一天。天气晴朗,太阳低挂在空中,海上吹来暖煦的微风。打碎的海浪溅到我脸上,大海在涨潮,但还有一英里宽的海滩没被卷进去,我母亲光着脚站在海滩上,我父亲的裤管卷到了膝盖处,他用一只手把风筝举过头顶,背对着风向后退,我母亲在笑,我记得是的,她的脸半掩在宽帽檐的阴影里,她说,好啦,放开它,它会飞啊,飞啊,等风变强的时候放开它。

我父亲向站在海水边缘处的我半转过身,大喊道,看这一下,梅洛迪,他放开了手,风筝随着他手上的动作往天空飞去，他放线的动作迅速而流畅，那是一只粉紫相间的风筝，做成蝴蝶的外形，拖着蓝金色的尾翼，在一阵不断变化方向的风中左右起舞，接着突然往下栽去，跌进潮湿的沙中。

看在神的分上，迈克尔，我母亲说，你要把线绷紧，你要一直动啊。

而我父亲喊着说，要是他一直往后退，就要掉进水里去了，他卷好线，又把风筝抛到空中，风又一次接过他手里的东西，他沿着海水边缘移动着，踏进及踝深的水沫里，风筝迅速上升，尾翼拖曳过夜晚的天空，又一次被隐形的阻力拽了下来，猛地坠向地面，掉进一个海潮形成的水坑里，尾翼旋绕在旁。我母亲又叹道，哦，迈克尔。我站在他们之间的中点，看到我父亲涨红着脸收好风筝线，解开缠在蝴蝶翅膀上的尾翼，再一次把它脆弱的主架抛到风中，看着它左右俯冲，一边试着拉紧线，跟上风筝不断变化的轨迹，让它留在空中，而它又一次砸进沙地里，于是我母亲说，哦，算了吧，算了吧。然后她说，过来，梅洛迪，她向我伸出手，等我拉住她之后，她低头看着我，她的眼里闪着光，她轻轻地笑了，对我说，你可怜的父亲。我们向通过停车场的台阶走去。我回头看了看爸爸,他还站在海边,面朝落日,我看到他用膝盖折断了蝴蝶的脊柱,把它的残躯丢向海浪。

今天又是新的一天,门铃响的时候,我刚好站在门廊里,好像在等它响起来似的。玛丽·克罗瑟瑞还穿着昨天那身衣服,她的脸色更苍白了,但眼里依然闪着同样的光芒,同样冰冷、怡人的冷空气和她一起透过门缝闯了进来。我们面对面坐下,吃奇巧巧克力。你看起来气坏了,小姐。你在气什么啊?我想要是我男朋友去找妓女,我也会这样生气的。你知道她们有些人下面那地方长虫子吗?她们会长,真的。我的布奇永远不会做那样的事。不过你最好当心你怀的这个孩子。你不能那样生气,他会感觉到的。你知道你怀的是个男孩吗?我从没猜错过。来吧,让我证明给你看。把你的结婚戒指脱下来。

我一次都没想过要脱掉我的结婚戒指,它箍得很紧,也许是手指肿了。不过还是脱下来了。玛丽·克罗瑟瑞抬手伸向我的脸,从我头上扯了一根头发,在戒指上打了个结,然后她走到我的椅子旁边站定,拿着我的戒指，让它像钟摆一样垂在我的肚子上，说，看着这个。虽然她的手好像完全没动，戒指却开始往反方向转动，玛丽·克罗瑟瑞的眼睛是闭着的，她问我戒指是不是在动，我说是的，她又问，是顺时针还是逆时针？我说，是逆时针的。她说，那就是在告诉你，你怀的是个男孩。难道我还需要别的来证明吗？

好了，都说出来吧。都告诉我，她说。

我做过一件可怕的事。我从她们手里夺走了一个人的性命。我对人说我爱她们，然后我听了她们所有的秘密，我和她们一起哭了，然后我把她们的秘密说了出去，于是她们离开了这个世界，因为她们不能再待在这里，她们蒙受了太多悲伤和耻辱。我做这件事的时候年纪很小，十六岁，可我知道自己做的是坏事，而我毫不在乎。我跟这个男孩相爱了，围在他身边的都是女孩，如果我不给她们点东西，她们是不会让我跟他在一起的，她们的要价很高。我牺牲了我的朋友给她们，她成了我焚烧的祭品，烧黑了躺在她们的祭坛上，我美丽的布丽迪，她完美的脸颊和饱满的红唇和骇人的伤疤。我太爱这个男孩了，于是我忘了我有多爱我的朋友，我有多需要她做我的朋友,在我母亲一言不发的弥留之际,她是如何每天都到医院来,一个人坐在等候室里,就为了在我需要的时候让我有一双手可以握住,我们是怎么躺在她的床上,在她的毯子下面相互紧拥,而我们周围的一切都是冰冷的,我们是怎么用力抓住彼此,发誓永不放手,她是怎么成了我爱过的第一个人。我想要变成她的样子,拥有她的骨架,她的身高,她的头发和她不近人情的智慧。我想要她的哀愁,因为在我眼里,那是如此勇敢而浪漫的特质,感到忧伤,在喧涌的春日里怀抱着这样的创痛,看着它在她的眼底翻涌。我甚至想要她的粉刺,她青灰的坑坑洼洼的皮肤,她脸上的红斑。

以上这些也许不是我当时的措辞,但我全都对玛丽·克罗瑟瑞说了,她听的时候没有看我,而是看着我右下方的某处,我一边说一边怀疑她是不是真的在听,因为大多数人都不会真的听别人说话,我还想她也许为我的故事感到尴尬,是不是我说的话里有些让她不明白的地方,这个被驱逐的漂亮人儿,这个十九岁的女孩,这个上了年纪的女人,无法生育,没有用处,筋疲力尽,这个天使?

哦,主啊,她说,上帝啊,那太叫人难过了。

是的,当然了,帕特对布丽迪和我还有发生的事情一无所知。因为小镇上的男孩只需要擅长体育就够了。其他都是不必要的。布丽迪·弗丽死后,关于她的笑话和涂鸦并没有停止,我们的美术老师,萨拉·布里奇斯,在一天早晨集合时爆发了,她尖叫着说我们都是畜生,让人恶心的、该死的畜生,我们都该在地狱里烂掉。一年过去了,人们调查了她的死因,据说布丽迪服用的治疗皮肤病的药物会导致精神方面的问题,在英国也有些人因此而自杀,仅剩的罪恶感就此消散,也不再有涂鸦,再没有人提起布丽迪的名字,就好像她从不曾存在过。

这些都不过是回忆的碎块,生命的片羽,没人能巨细靡遗地讲述一段人生或友情,一场死亡或婚姻的每一每一天。想想我父母的故事,要是把它压缩成简短的篇章,听起来会是什么样;要不想想我的少女时代,以布丽迪为坐标,把它一分为二;或是想想我和帕特,还有我们一起生活的岁月,从一九九八年一个夏日傍晚的曲棍球赛场上的一记重拳,到二〇一五年我们电视室里的一个通告;讲述的过程会生发多少意义,多年来所有数不清的单一时刻都被条分缕析,重组为简明的线性叙述;想想这些单线叙述将要承载的混杂的重量,就像矮星一样,被自身的吸积过程所拖垮,变得越来越重,直到演变为超新星,抹去自身的存在[1]。事情将要变成那样,事情正在变成那样:我的讲述就这样变得毫无意义,对我或者其他人都是如此,可是玛丽·克罗瑟瑞好像没有注意到这一点,她似乎完全能够理解我的意思。她说过的,说她有种预感。我想快意地尖叫,为我感到的宽慰,为在这里的她,面对着我,用她带着笑意的灰蓝色眼睛看着我;继而我又想到,很快我必须再对她说谎,关于我腹中的这个孩子,以及是谁把他送进了我体内,于是我所有自私的快乐再度分崩离析。

我对帕特的思念比我以为的更甚。我一直在试着计算,过去十七年里,我有多少天没见到他,没和他说话,没有触碰他,或者跟他没有任何联系,得出的数字很小,只有几周的时间,也可能更短。所以才会那样。

---

[1] 矮星原指本身光度较弱的星;有一些是恒星的残骸,在旋转中会通过自身引力俘获周围物质,这一过程称为"吸积",一旦矮星自旋不足以抵抗自身重力,就会演变成超新星,也就是某些恒星在演化接近末期时经历的一种剧烈爆炸,其光度可突增到太阳的上百亿倍。

我对他的思念是一种机械的反馈，就像眼睛对一棵被砍掉的树的思念，就因为它曾经一直在那里，如今不见了，而你对它的存在的期待仍然没有消失。可是之后呢。好多个夜晚，他抚摸着我的头发，直到我睡着，然后他也睡着了，一条胳膊环在我身上，像是要挡开什么东西，保护我不受它的侵扰。好多个夜晚，他躺在自己那一侧，面向着我，说一些逗我发笑的事情，说一些他认为能让我安静地躺着，听着，不再胡思乱想的事情。好多个夜晚，他在房间里扭捏地走来走去，把自己塞进我的一条短裙里，脸上涂了厚厚的粉，捏着嗓子尖声说话，我看了会拍手大笑，笑到满脸是泪，笑痛了肚皮。有一次他把车停在城里的路边，悄悄地哭泣，他紧握住方向盘，指关节都发白了，可当我问他发生了什么事，他却说他不知道。

有些人的婚姻能维持一生那么长，十年又十年，共度的漫长岁月把他们压铸成同一个模样，仿佛长进了彼此的身体里，身型也缩小成一样的尺寸，用如出一辙的声音说话，紧紧地攀附在彼此身上，在几天或几个小时内相继离世。这里没有爱的容身之所。不是动画片里的爱心、贺卡、蛋糕、电影、宣扬没人想要的东西的广告表现的那种爱；那个可怕的人造之物，那只微笑的狗。爱就是一个词，用它的方式消解了这种共生以外的可能性，这一光荣的、了不起的成就，让两个人待在同一个地方，快乐、和谐地相处，内心宁静，在天堂的入口再度相遇，手牵手踏进永恒的光辉。童话故事。养老院里的夫妇会害怕地蜷缩在一起，担心沦为那个被留下的，独自面对黑暗和静默，听着陌生人的脚步声，甚至不敢去厕所。确实会发生这样的事情，也有这样被留下的人。这样更好，在我们还是两个独立的人的时候，把一切都打碎。

可事情也有另外一面。那些永不被视线触及的东西会变成什么样？它是否就是自身的微粒堆积而成的合集，几乎难以确认它的存在？肯定是那样。只有在光线照射到这样东西上，并反射进某个人眼睛里的时候，它才有了形状，只有在大脑发出的指令要求它存在的时候，它的形象才会留存在脑海里，即便如此，它也是妥协的产物，由双眼和两个大脑半球达成的共识，一个印象。一样东西可以存在，却永远不被看见，不被照亮，也永远不被描述，栖身在黑暗之中。我必须和帕特在一起，我必须让他和我在一起；我必须让他跟我结婚；我必须这么做，因为布丽迪死了，我们才可能在一起。这是个事实，是切实存在的真相，直到如今才被光触及并证实其存在。另一个事实是我辜负了她，再一次地，辜负了我漂亮、美好的朋友。

还有呢。还有我那天在镇上咖啡馆里对那几个老太婆说过的，或者尖叫过的话。她们会兴高采烈地到处散布这个消息。她们不会相信关于自家孩子的那部分，毫无疑问，但其余的部分她们都会听进去的，帕特·席伊被抓到偷腥了，所以他老婆才离开他，她在利默里克跟一个流浪汉喝茶呢，她在那地方好一通大吼大叫，可真是上不了台面，神啊，那个跟她在一起的流浪汉姑娘还得把她拖走，她还想把其他人都说成跟她老公一样坏，不过，怎么说呢，事情就是那样，所以他才在他老妈家里待了那么长时间，他是在利默里克被抓到的，**抓了个现行**。他必须要为此付出代价，不幸的可怜人啊。软弱的肉体。

我感到头疼。我一直觉得饿。我的指甲上开始出现一道道裂痕，今天早上梳头的时候，梳子带下了一缕头发。我以为这些都是正常现象。我谷歌了一下,不太上心地瞟了一眼结果。我不想知道太多。现在我一直能感到他在动,在他的小天地里快乐地腾挪,不知外面的世界为何物。我用左手感知他的存在的重量,再换成右手,偶尔我能感到腹部的某一块鼓了起来,于是我知道他小小的身体正被我拢在手心里。

二十一周

今天又发生了一件事。有人在我门前投下一道长长的暗影。我本来不打算开门的,但我想到了爸爸。也许是爸爸出了什么事。一个很久没看到他出现的邻居,过来表示担忧。一个警察,带来了坏消息。可我打开门,看到的却是斜站在 边的伊格内休斯·法瑞尔。他的右手扒在一侧的门框上。那只手大得吓人,汗毛很密。虽然还是那张熟悉的脸,看起来却有点怪,好像动画片里的人物造型:他的鼻子往前戳,下巴却明显缩了进去,几乎和他难看的长脖子融为一体。他的脑袋突然朝我晃过来,吓得我倒吸了口气。我上一次在正式场合见到他，还是在曲棍球俱乐部的晚餐舞会上，大概五年多前了，在那以后就只有匆忙路过时的一瞥，在车里，在送葬的队列里。他的外貌特征增添了新的怪诞之处，丑陋的部分更加突出。他湿漉漉的嘴唇向外突起，一口歪七扭八的黄牙。他的两只眼睛靠得很近，像狗一样，气冲冲的，满脸怒意。

你他妈到处跟人说我什么呢？他的话夹着唾沫喷到我脸上。我又感到一阵恶心往上涌。我低声说：什么？

他换上一副愉快的表情，吸了口气，好像对我感到失望似的，嘲讽地故意放慢了语速，假装和气地重复了一遍他的问题，他刻意表现出来的友善阴沉得像一出滑稽模仿。你。他妈。说。**我**。什么了？

他缓缓地打量着我，从头到脚。他的睫毛很长，像两条昆虫一样扑闪着，又像某种邪恶生物的长鼻子。我体内的循环系统开始运作，怒火在我的胸口疾驰。孩子踢了我一脚，像是在表达他不高兴了。说**你**？我真的不明白他什么意思。他的视线停在我的胸部，我条件反射地交叉双臂护住胸口。他晃荡的下唇上挂着唾沫，快要聚成一条口水往下淌。他的嘴角也有两弯白色的痕迹，如同一对恶心的圆括号。我想起去咖啡馆的那天，玛丽·克罗瑟瑞的第一杯卡布奇诺,那三个被我痛骂一顿的公义卫士。

你倒是个好人,四处指责别人,自己却被网上找来的变态搞大了肚子?他张着嘴,好像还有话要说,却语塞了。他跨过门槛朝我走来。我伸手去关门,可他已经进来了;门被他用力一甩,砸到了墙上。玻璃裂开了,门框上的木屑被震落下来。我蹒跚着往后退,拼命用手往背后摸索门厅里的桌子,却只摸到了空气。我只要转身就能逃跑。有种莫名的力量阻止了我的动作。你不是个好人吗?你现在还是吗?他的声音压得很低;他说话的样子好像那些词语是在自发地从他嘴里往外蹦。被他挡在背后的阳光映亮了门厅,他整个人都被罩在可怕的阴影里,两只手像铁铲一样戳在身体两侧,像是要围住我。他还在说,一遍又一遍地说,你个肮脏下流的婊子。

突然站在那里的人变成了玛丽·克罗瑟瑞,伊格内休斯·法瑞尔立刻不见了,玛丽·克罗瑟瑞问我那个可怕的臭家伙是谁,噢,抱歉,我希望他跟你没什么关系,他脸上的表情像杀人犯,那是你丈夫吗?主啊耶稣啊,你的门怎么了?

我告诉她那是我丈夫的一个朋友,我那天在咖啡馆里提了他的名字,猫王照片和卡布奇诺,我还尖叫着发疯的那天,她说,哦,男人都会为那样的事发疯的,在人前被那样点名。

然后我不假思索地对她说,我的孩子其实不是我丈夫的,她说她大概猜到了,她又说她天赋的预感能力只能让她大概触及事情的表面,可细节就没办法了,要是我想说的话,可以说给她听,她永远不会对我有看法的,也不会把我想得很坏,因为她知道我是个好人,而我说,我不是的,玛丽,我不是好人,从来不是。

但她坚持自己的看法。你是的,小姐,你是好人,我知道你是的。你骗了你丈夫,让他蒙羞,那样的你是个不要脸的婊子,可也不代表你就不是好人。

我要如何剖白自己的人生?大部分时间里我都不是一个人。有段时间帕特不再志得意满,我也不再神游太虚,我们得以共享一段时光;我们彼此缠绕,生活在一个只由我们两人组成的世界里,所有其他事物都围绕着我们打转,构成一道闭环,我们只在必需的时候才穿过它们,与它们产生机械的联系,毫无乐趣可言。甚至在我们之间都没有新鲜的空气。我呼吸着他呼出的气息，而他也是一样。那些酷女孩从我们的生活中隐去了，去实习，读硕士学位，出国几年，最终过上了属于她们自己的生活。那些学校里的朋友从来不是真正的朋友。有次我坐公车去了都柏林，跟两个在都柏林国立大学读法律和兽医专业的朋友住了一阵，看到我她们表现得很惊讶，尽管我的来访是事先说好的，我们去了她们的学生会活动室，她们相互交谈，也跟她们的同学说话，我们去看了一场现场演出，我喝了太多酒，一个小伙子给了我一片药，我吃了，后来我丢了手机，人也神志不清，我用码头的付费电话打到帕特家，是他妈妈接的，她说，梅洛迪？你这时候打电话来干什么？你到底什么意思？什么？我不知道我是什么意思，也不知道任何事情的意思。

帕特的大部分朋友也离开了，留下来的那些在建筑行业工作，要不就是开始酗酒，懒散度日。布丽迪·弗林的墓上，野花和刺棘蔓生，杂草丛一簇簇地占领了这里，她母亲偶尔会带着园艺剪和泥铲过来，但修剪清理好的坟堆很快又会回到无序与荒蛮。我大学毕业时，父亲带了一个朋友来参加我的毕业典礼，那样他就不用一个人坐着,而我一整天都在故意忽视她,爸爸很为难,说了好多话想要掩饰尴尬的气氛,他在餐厅付账时忘了自己的银行卡号,我用胳膊肘推了推帕特,可他说自己一分钱也没有,他确实没有,因为那时没有规定要给学徒工钱,那个朋友付了钱,爸爸的脸红得像要爆炸了。而我只想着那年夏天帕特每天能陪我多久。他什么时候能下班,又要花多长时间作好来接我的准备。

玛丽·克罗瑟瑞和我把厨房椅子拖到平台上,坐在那里晒太阳,今天的阳光出奇的暖和。一只云雀在草地上蹦跶,玛丽·克罗瑟瑞说,老天,看看它吧,小姐,它的头是从认识的一个年轻人那里砍下来的,他把头顶的头发留得特别长,用发胶梳成溜光的背头[1]!她像孩子般大笑起来,开心地拍手,云雀受了惊,蹦跶几下飞走了,她看着它轻快地掠向天空,脸上露出向往的神色。我看着她,感到某种类似爱意的情绪在为她萌发,一种怪异的、强烈的柔情,好像她正处于危险之中,而我会让她的处境变得更糟。那地方的人都是血亲,她告

---

[1] 云雀的头上有一短羽冠,玛丽·克罗瑟瑞是在拿它开玩笑。

诉我。马丁·托比是她的亲戚，她家族中的一员。如果她知道了我保留的那部分秘密，她会说什么？你是个不要脸的婊子，肯定不止那样。她之前说过，你丈夫是个软弱的人，让你还能站在这里。要是我对布奇做了你对他做的事，他会活埋我的。她说这话的时候带着一丝不易察觉的骄傲，感觉她要是嫁给一个容许通奸的妻子活着的男人，她会看轻自己的。现在谁给这幢房子付钱？她问我。我告诉她这是我的房子，我用我母亲留给我的钱买的，她的父母留给了她那笔钱，一辈子都存在信托基金里，因为她没法允许自己去用。为什么不呢？我说不出答案，也不知道原因。她的家里出了点事，一些晦暗不明、无法言说的事情，导致她和双亲之间有了嫌隙，巨大的隔阂让他们不再交流。于是我只是说：她很吝啬。我说这话的时候并不觉得难过，因为她就是那样的人。

你对我来说就是一个房客，我曾这样对帕特说。而他没有答话。一个一分钱都他妈不付的房客。他会打开钱包，把里面所有的钱都朝我甩过来。他会塞满一行李包的牛仔裤、衬衫、袜子和短裤，摔门而去，开车走人，几小时后他会回家来，而我只会对他说，你回来啦，哈？他不会理我，大多数时候我也就到此为止了。记得有天晚上，我一整晚都在尖叫和哭泣。他说了什么，或者做了什么，把我给惹毛了。只有神知道是什么原因。我只记得那晚，是因为我在渐渐沉入睡梦时自问，我怎么会变成这样？为什么我会筋疲力尽地倒在床上，而帕特坐在楼下，甚至不敢用洗手间，害怕我又会受到什么刺激大吼大叫？因为我不能忍受平淡和安稳，不能忍受没有起伏的前路和毫无波澜的生活，没有高峰和低谷让我躲开自己。我让这些疯狂的激情和试练驱动着向前，说服自己是真的在生活。哪怕悲惨也比无聊要强。我开着车在路上乱转，漫无目的地搜寻，不知道自己要找什么。有天我在吉尔塔坦·克罗斯停了下来，一个距离这里很远的地方。有两个县那么远。我想象着叶芝想象的那个飞行员[1]，思忖着他注定要被炮火击中的命运，他的战机将会从天空盘旋着坠落，而我嫉妒他。我坐在库尔公园一条湿漉漉的长椅上，想着那些辞世已久的作家们的痛苦，盼望着属于我的新痛苦，除了我冷

---

[1] 指叶芝的《一位爱尔兰飞行员预见死亡》。

酷的母亲和我亲爱的朋友,而她们都早已躺进了自己的墓穴。我渴望着某种亟待我倾注全副心神、耗尽全部心力的事情,让我能够清醒地意识到自己的存在。我祈愿着新的不幸;流产、妓女、快要成年的蓝眼睛游民男孩,坐在我被哀伤盘踞的厨房里,那些都是很久以前的事了。

二十二周

此刻我在这里,这个被重塑了肉身的我,从没想过自己会变成这样,陷入这样的处境。我知道,我知道自己已经疯了。现在,玛丽·克罗瑟瑞来陪我的时候,我会感到快乐,感到安全,某种程度上是这样,尽管我认为她身处险境的预感也愈发强烈。我在哪里听到或看到过,怀孕的女人都会有点小小的精神错乱,从一种天生只关注自己肉体的状态突然切换成另一个生命栖身的庇护所,这会导致意识上的转变,产生的影响近似精神错乱。我肯定是疯了,居然能够如此随心自由地呼吸,欣赏天空的蔚蓝和涂抹其上的纯白,还能享受阳光掠过肌肤的触感。说了那样的话，做了那样的事以后，在经历了所有那一切以后，我居然还在这里，放任自己沉浸在这片刻单纯的愉悦之中。

网上的信息说我的孩子现在已经完全成型了，是他将要出生的自我的缩小版，毛茸茸的，没有脂肪，身体开始发育，不过眼睛还没有颜色。它们会是蓝色的。我不知道自己为何这么肯定。它们跟我变粗的毛发和我长速惊人、每天都要修剪的脆弱的指甲一样真实，和我不断变化的肉体，以及腹部还不太明显的突起部位逐渐拉展开来的皮肤一样真实。人们通常会说，命运只在回溯时才像拥有实质，然而最近我所有的际遇都像是注定的，由一根不属于我的手指点拨成型。

我一直在想帕特在哪儿。今天我意识到自己望向窗外时在寻找他的身影。我一直在想，我应该给他打电话，又不知道能跟他说些什么。事情已经这样了，亲爱的。它已经变成这样，如今再也无法回头了，我们有变得更好吗？是我让事情变成这样的，为了挽救我自己，也为了挽救他，从某种程度上来说是这样。我们都做了可怕的事，为了拯救自己，也拯救彼此，让事情走到这个地步,于是我们不得不离开,从此都只剩下自己。现在我一直在想象中和他对话,和颜悦色地说出精挑细选的措辞,它们本可以挽救我们的人生,我们的生活。还是它们只能充当化脓伤口上的破烂胶布?帕特跟妓女上床:那是事实。我跟一个交给我照看的少年上床:也是事实。什么样的话语能改变这些事实,这些我们一向擅长的事情?人们对彼此做过更糟的事情,但不会那么严重。这是我们犯下的暴行,在我们这幢有三间卧室的红砖房里的一次屠杀,对爱的大清洗。

玛丽·克罗瑟瑞对我说了更多她的事。她不能住在英格兰,跟她丈夫一起住在肯特的拖车里。她不能生孩子,因为宫颈附近的组织肥大阻碍了血液流动,导致宫颈缝隙干硬。这些诊断她都背下来了,这是导致她不孕的缘由,如果她把这些复杂的词说出来,学着医生的口吻把这些医学名词讲给她的族人听,也讲给布奇的族人听,或许她就能得到他们的谅解。这不是她的错,她根本不可能知道这些,她的妈妈和爸爸也不知道,就把她许给弗兰家了。可她还是没法待下去,她说,因为布奇听到最终诊断以后就开始冷落她,对她硬起心肠,但他也没有别的办法，因为孩子是珍贵的宝物，玛丽说。生养孩子是珍贵的赐予，是上帝赋予全人类的权利，上帝裁定了这件事将不会发生在她身上，但那不是布奇的错，他不该为此受罪，因为惩罚是针对她的，她说，没有人当着她的面说过，但大家都强烈地怀疑，她也打从心底里明白，人们认定她已经被某个别的男人弄坏了里面，克罗瑟瑞家的人一直都知道她的体内是一片死地，而他们选择了欺瞒。所以她从布奇身边逃走是为他好，他们是在英国结婚的，因而也可以在那里离婚，没有必要按照爱尔兰这里的规矩先分居四年，她只要在一些寄来的文件上签字，就能放他走了，那样他就能找到别的人，一个接一个地生孩子，他的心会得到满足，他的生活也会变得圆满，享受做父亲的喜悦，做一个正常的男人。她对我说完这些话，然后闭上眼睛，用手捂住嘴，好像要让自己噤声。

玛丽·克罗瑟瑞为自己选择了耻辱、恐惧和驱逐的命运。她惹了这么多麻烦，花了这么多钱，却丝毫没有给出回报，在这一切发生之后，文件上的签名和拖车桌上留的一张写着"抱歉"的纸条是没法让弗兰家善罢甘休的。

玛丽更喜欢来我家上课。这里的气味很好闻，她说，而且总是很暖和。拖车热起来很快，但要保持那个温度就很难了，她说。有些日子她不让我用电源接线，都是她心情不好的时候，那样的时候很多。她总是为钱生气，冲着一堆账单发火，玛丽说。妈妈的拖车门上没有信箱，要是邮递员看到一封电力局寄来的信，他就会不停地敲门，直到她出来拿走，因为她习惯把账单捏成一团丢回到他身上，让他把这些信送回寄信人那儿去，有天他说她不该冲邮差开火，他是笑着说的，可妈妈没有笑，她只是眼里冒火、特别严肃地对他说：别他妈勾引我。打那以后，他就把所有的信都留在最高一级台阶上，竖起来靠着门放，但有一两次它们被风吹得满营地都是，还浸湿了，她气坏了，又冲他发了老大一通火，那次他吓得逃走了，开着他的面包车跑了，之后再没回来过。现在整个营地的人都要到船坞路上的某个地方去拿信，妈妈总是抱怨邮局的人，说他们区别对待我们这些人，不好好把信送到我们门口来，那明明是他们该做的事。

有些日子玛丽得不到离开营地的准许。听她的描述，妈妈放行的标准总是反复无常，玛丽不得不编造各种各样的借口来争取自己短暂的自由。说我这里除了她还有别的学生。说他们被带到福利办公室谈话，要求他们填表格。于是今天我去了她一尘不染的家里，坐在盖着塑料布的沙发上，看着她在小桌子对面念书，她的头跟着朗读的节奏一点一点的，在她身后的那扇窗外，我看到两个小男孩在打架，围观的男人们把他们圈在中间。围观的人越来越多，打架的男孩渐渐收敛了笑声，出拳更谨慎了，躲闪更有技巧，他们的表情严肃起来，想要打倒对方的意愿也更明显。其中一个男孩超重得厉害，两人都穿着白背心和休闲短裤，体型大一点的那个踩着一个小圈子移动，他身形更轻盈的对手绕着他打转，那个大块头虽然动作迟缓，看起来更叫人担心，却防守得更好，过了一分钟左右，他猛的一下打中了对手的鼻子，鼻血溅到两人的背心上，那个受伤的孩子踉跄着后退，差点摔倒，但他稳住了自己，又摆出防御的架势，重新开始移动脚步，看到这里，围观的男人中间响起一片低沉的喉音。玛丽的注意力还在我们当作课本的书上，哪怕外面的呼喊已经升级成了尖叫；我的视线几乎都被欢呼的男孩和男人给挡住了，围观的圈子突然缩小，往里拥去，那个体型偏小的男孩被举高了抬到肩膀上，他的对手昏昏沉沉地坐在地上，背心扯破了，沾着泥土和血，灰扑扑的脸颊上挂着两道细细的泪痕，没人帮他站起来，那些男人都从他身上跨了过去，祝贺着抬手去拍那个挂彩的胜利者。

妈妈从她的门里走下来，叫嚷声渐渐平息，那个获胜的男孩被抬到她面前放下，她弯下腰，伸出戴着手镯的黝黑双臂搂住他，吻了他的脸颊，对他说了些什么，他笑了起来，脸红了，尴尬地看着地下，他身后的几个男人拍了拍他的后背。那个输掉比赛的男孩也站起来了，有人揉了揉他的头发。妈妈又爬上台阶，回到自己的拖车门口，那一刻我清楚地意识到玛丽·克罗瑟瑞在这个小世界里的处境：我明白了她要面对的是怎样的羞辱。从英国被丈夫赶回家，破碎的誓言，一份只有鲜血才能偿还的活生生的债务。而我想的是：这些人配不上她。我想的是：她会是我的。在那个被震慑的瞬间，我把她当成了一件资产，一样我可以拥有的东西，而她从书上抬起头，她的蓝眼睛对上了我的视线，那一刻我感到火烧般的羞愧。终于，我感到了羞愧。

妈妈的情绪好得不可思议，她刚刚看着儿子打了第一场架，并且战胜了对手。今天我告别的时候，她问我有没有看到他们的对战，我说我看见了，她说，我猜你觉得我们都是野蛮人。不过我们这里就是这样的，我们也比你想得要体面。我为那个男孩今天的举动感到骄傲。你可别回办公室去乱说在这里看到的事。这跟谁都没关系。你在这里唯一要关心的就是那个人，给她学校从没给过的东西。她指了指我，移向玛丽，又指向天空，向上帝或是看着这一切的祖先祈愿；我不知道她想到了谁。我还没来得及回答，她就转身从我面前走开了，向站在栅栏后的玛丽投去意味不明的一瞥。她停下脚步，转过身来，好像突然想起什么似的说：我希望你能帮我好好教教那个人。我填表的时候碰到老多问题，我看那是她唯一的用处了。玛丽一言不发地看着她母亲，她一脸漠然，一副听天由命的样子。妈妈又对她说：明天把拖车都打扫干净，你就没事了。然后她再度转身离开，我欣赏着她摇摆的身姿，像皇后一样挺直的脊背，还有她坚定的步伐。

  玛丽瞪大了眼睛看着站在下面的我。我们能去海边吗，小姐？去那个大的海，比方说。那个地方叫什么？

南极海?

我明白她的意思,可我说,那地方有几千英里远,玛丽,在世界的尽头。

不是的,小姐,只要离开恩尼斯就到了,大概四十英里,爸爸说过的。

那地方叫**大西**洋,我告诉她,她说,哦,对,你可真了不起,知道所有这些地方的名字?真可惜你跟那个脏男人鬼混的时候不懂怎么把裤子穿好。我瞪大双眼,用力吸了口气,装出一副生气的样子,于是她大笑着说,啊,小姐,我是在逗你呢。

二十三周

今天清晨,天色朗澈无云,我祈祷整天都不要下雨。我用一只柳条篮打包了些食物,虎皮面包和烟熏火腿做的三明治,几瓶可乐和水,还有几条牛奶巧克力和黑巧克力。我在后备厢里放了一条毯子和几条毛巾,以备要用。我在中午的时候开车到了宿营地,玛丽已经坐在她那辆拖车最底下一级的台阶上等着了,她背着一个粉色的小背包,穿着她那条好一点的牛仔裤,辫子编得紧紧的,缠着粉色的丝带,几乎称得上端庄了。看到她的那一刻我差点哭起来,我自己也不太清楚这是因为什么。她等待的样子像个孩子一般,快乐又兴奋。她只去过一次海边，几乎都忘了，但她记得他们开过崎岖的路面，一直开到海边，世界的尽头，她记得海浪溅起的水花在她脸上的感觉，其他人都从他们铺毛巾的地方移开，于是他们成了沙滩上的一座孤岛，爸爸光着膀子，沉默地坐在那儿，她的小弟弟摇摇晃晃地走到一边，摔在一块石头上，割伤了自己，他号叫了好久，妈妈发了脾气，他们只好回家。打那以后，她再也没见过大海。他们再也不是真正的游民了。人们被困在宿营地里，玛丽·克罗瑟瑞说，那里的水和电都来得很容易。

她和布奇一起穿越过爱尔兰海，但他们每次都等到天黑了才上渡船，上次她晕船了，整段旅途都待在甲板下面。布奇当时很兴奋，以为她或许是孕吐，她跟他说，她很肯定自己没有怀孕：就算她真的怀上了，也不可能这么快就有反应。他于是安静下来，好像生气了，过了一会儿他平复了情绪，搂住她，问她需要喝点什么吗，一杯牛奶或者一瓶水，她说不用，虽然她嘴里干得像要冒火，可她不想显得要求很多，跟在他后面要这要那的，强迫他来照顾她。他又问她想不想到甲板上去，她说不，船颠簸的样子让她很害怕，担心他们也许会掉进水里去，他笑了，说那根本不算什么，不过是一个浪头,有几次他渡海的时候船都差点要翻了,他更紧地抱住她,她知道这对他来说并不容易,不是一件自然而然就能做到的事,这让她更爱他了。

我们往西面的高速公路开去,玛丽·克罗瑟瑞坐在我身边,一言不发,我们之间的留白温暖静谧,无须用言语填满。我不时看她一眼,每次都能看到她嘴角挂着一抹笑意,我也笑了,看到她双手放在膝盖上的样子,她坐着时微微倾身向前,绷紧了安全带,像是期望车开得更快一些,在路上奔驰的时间和通往大海的路途更短一些。

我们到拉欣奇的一条街上停好车,并肩往下朝大海走去,中间隔着野餐篮和毯子。看到大海的那一刻,玛丽·克罗瑟瑞哭了。她慢慢地走过去,双手捂着脸,在距离海水几步远的地方停下,她的泪水与溅起的水花,微咸的海风混成一块,一个小浪头打过来,一道夹杂着泡沫的海水冲刷过她的光脚,她尖叫起来,叫声中的快乐压过了恐惧。噢,小姐,她说,噢,小姐,我记得不对。我从来都不知道,它有这么美。

我们踩了一会儿冰凉的海水,又吃了野餐篮里的食物,我们把毯子裹在肩头抵御寒风,坐在被海水冲刷过的石头前的沙地上，看着海浪和西下的日头，直到血红的天际落入水波，涤荡着染红了海面。

回家路上，玛丽·克罗瑟瑞差不多一直在睡觉，她把膝盖蜷了起来，缩到坐椅上，转向一边，我吻了下自己的指尖，碰了碰她的前额，她在睡梦中笑了起来，像个孩子。

我站在那里，看到一个黑发的孩子在河边丢石头。他的视线追随着石头划过空中的轨迹升高又落下，看着它砸进玻璃般平滑的水面，他的笑声在远处的河岸回荡，也在我的耳边回响，美好得仿佛不容于世。小心，小家伙，我说着朝他走过去，伸出双手，可我的双腿沉重滞怠，他回过头来冲我笑了，阳光照亮了他的脸，也映亮了他的双眼，他高高地挥起双臂，他握着的小石块飞过静待的水面，他的小短腿摇晃了几下，掉下河岸不见了。而我的双腿仍旧不能把我带往他所在的方向，我醒了过来，耳边还有水花的泼溅声，一记无声的尖叫停留在唇边，因为我喘不上气了。

我把这些恐惧都留给梦境。我想让周身的氛围宁静平和。现在我每天都审视自己，所有会产生变化的身体部位。我看着指甲上缺钙而形成的白色斑点,我寻找皮肤上的红色斑块,那是肝脏承受压力的表征,我细数十五秒内的心跳次数,再乘以四,我倾听心跳的速率是否平稳,是否构成一条强壮、稳固的正弦曲线。我用拇指和食指测量手腕和脚踝的变化,把它们一一记录在脑海里。做完这些事,我又会静静地坐着,直到我感到他的动静,然后再重复一遍刚才的动作。我腹部隆起还不明显,但轮廓清晰,我用双手拢住它,看着自己赤裸的身体,想到了夏娃,以及自她以后这世上所有的罪孽,还有我自己的罪孽,而我感觉不到羞愧,只是惊叹于我能够站在这里,欣赏这处小小的、温暖的凸显,我完美的曲线。

我们造成的所有痕迹都会慢慢不见,有关我们所有行为的记忆也会消散,就好像我们从不曾存在过。我们已经犯下了终极的暴行,再没有什么可以挽回。如今再没有别的感受,只有一种怪异、模糊的不协调感,一个没有边界或黑暗角落的地方,背景里传来一阵柔和、低沉的嗡嗡声,如同轻柔撕开的织物,一个面目不明、声形不定的世界,在我赤裸的镜像背后延展开去,我眼前镜中的这个女人用她两只手的大拇指和食指触拢她腹部的两侧,双手间的那部分肉体构成了一颗心的形状,抵在她的血肉上。

我无法忍受被机器扫描的想法,冰冷的凝胶,友善的微笑,超声波层层扫过我的身体,旋绕着寻找心跳的踪迹。我记得上次遇到的那个操作员,她的眼睛和下垂的嘴唇;她还年轻,经验不足,我觉得她都快哭了。她对我说不用太担心,伸出一只手搭在我的手上,然后她用另一只手按铃呼叫帮助,来了一个英俊的高个子产科医生,把她从困境里解救了出来。可我已经知道了,每一次都是如此,根据出血量、深色的血块、腹部的刺痛和那可怕的寂静。我会冲帕特大吼,叫他滚远点,这下他该高兴了,他解脱了,而他会摇摇头,闭上眼睛,用双手捂住脸。

我知道我现在可以去医院报到,要求医疗系统接收我,把我列进待产名单,填写表格,申请接受超声波和各项检查,听他们告诉我一切安好,去上产前课程,盘腿坐在地上,下面垫着一个软枕,跟其他产妇聊天,大笑,听一个和蔼的、久经产床考验的助产士教我们如何运用呼吸。我能感知他的存在,我知道他是个强壮的孩子，可是昨晚我感到下腹部传来一阵钝痛，我害怕得膝盖打战，不得不靠在门厅的桌子上匀速深呼吸，直到这阵痛意过去。我知道我必须这样做，离开这个镇子，驶过曲折的道路，到宝尊堂医院去，因为这里的人都在利默里克的地区医院生孩子，十个人里至少有一个是熟人，在那里不可能守住我的秘密。

二十四周

今天我去了父亲家里,把事情都跟他说了。开车过去的路上,天空被黑沉的雨云和如水般穿透云层倾洒的阳光割裂开来,一道彩虹挂在远空,我知道在窗口张望等待的父亲也能看到。和他通电话的时候,我说,喂,爸爸?说完这句话后,我隐约感到他在怪我。有一两秒钟的沉寂,而他就那样沉默着,暗示着他对我的责怪,他当然会怪我。他再开口的时候,声音里只有松了口气的快慰,他说,哦,亲爱的,你怎么样啊?

于是我说,我很好,爸爸。我明天去看你。需要带点什么东西来吗?

他说，不用，亲爱的，我都储备好了。真的。我都有了。你大概什么时候到？

我开进院子里的时候，他正站在窗边，前院草坪上的草更高了，我印象里他从来没有放任草坪长成这样，围栏边的常绿植物更是疯长了起来，杂草占领了整个花坛。水仙花沿着边缘处随心所欲地盛放，和杂草争夺着领地。我的理智能够评估这些迹象，能够觉察到这些衰败的象征，可我的心只会把自己封闭在恐惧之中。我有多需要父亲在这里，等待着，想着我，我可爱的军需官，保管着他对我无条件的爱。也许，有朝一日，我的行为能够配得上这份爱。

他曾在我的花园尽头栽下一棵苹果树，当时我第一次怀孕。他用铲子的平面轻轻拍打树周围的泥土，立起身来，擦掉流进眼里的汗水，说话的时候没有看我：那棵树会在这儿待上五十年，但愿如此。也许你的孩子，或者你孩子的孩子，会站在我们眼下站的地方。那时我早就化为泥土了。

而我只能说，别说了，爸爸，请别说那样的话。

他笑着说，没人能永生不死。几周后，他坐在花园长椅上，坐在我身边，握着我的手，什么也没说，没有谈论生死，没有谈论任何事，因为他不敢开口说话，我能体会到，因为他不相信自己能压抑嗓音里的悲伤，或是不让眼里的泪水掉落。

今天我们坐在那里，我喝着法压壶做的黑漆漆的咖啡，他喝加了奶的茶，他一遍遍地问我咖啡怎么样；是这样的，他不能确定自己做咖啡的方法对不对，但网上有一个教人做咖啡的视频，拍得非常详细，他就跟着那个视频的指示照做，因为距离他上次用那个壶已经过去很久了。他只喝茶，所有来家里坐坐的人也只会喝口茶，不过他知道咖啡的好处，知道得很清楚，比如它能在你累的时候帮你集中精力，你能随便在哪里停一下买杯咖啡，装在纸杯里带回车上，用一种特殊的杯盖，一路开一路喝，咖啡能让开车的人保持清醒。他掐准我说好抵达的时间，提前十分钟就开始准备，因为网上那个友好的黑人小伙子说要让咖啡——他怎么说的来着？——哦，对，**渗滤**，他肯定那跟让茶泡开是差不多的意思。

我怀孕了，爸爸。

他看着我，然后说，噢，亲爱的。噢。

我说，不是帕特的。我出轨了。

过了很长时间,他才控制好自己的情绪,开口道,帕特真的离开你了吗?上次周日晚间祝祷的时候,米妮·威利问我的。

我说,是的,爸爸。我应该早点告诉你的。

而他说,你不可能比米妮·威利消息更灵通的。她能告诉你你早饭吃了什么。他垂下眼看着他的茶,叹了口气说,他到底是个什么样的男人?意思是他处理不好事情。我不知道能说什么,于是我什么也没说。

父亲对我描述了他这些天是怎么过的,像是要验证如何才能把我的消息和他的生活匹配起来,也可能只是为了找点话说,以此调释我们之间凝滞的气氛。他起得很早,尽力摆脱起床时的僵硬状态,要是慢慢走的话,他能很好地驾驭楼梯,他会在后窗看鸟,还有渐渐亮起来的天色,他稍微整理一下房间,喝杯茶,吃麦片粥和一片配果酱的吐司,洗澡,穿上灯芯绒裤子、擦好的鞋子、衬衫、套头毛衣和外套,然后出门去望弥撒。有时他在下面的咖啡馆吃点午餐;那里有个从拉脱维亚还是立陶宛,或者那块地方的某个国家来的姑娘,长得很漂亮,她非常可爱,跟你平常会碰到的姑娘一样好,她欢迎你的方式,在你吃东西的时候问你是不是一切都好,还问你要不要换杯新的茶,就跟爱尔兰姑娘一模一样。大部分时间他还是在家里吃饭,一点火腿或鸡肉,一只白煮蛋,几片面包和黄油。下午他读报,《泰晤士报》和《独立报》,单数日的晚上还读《先驱报》。晚餐吃得更丰盛一些,也吃得很早,有次别人是这么建议他的。可能是几块排骨,外加一个土豆。晚上他会看电视,新闻和天气预报,还有随便什么体育比赛,或者看部电影。单数日的晚上,他会一路走到西斯酒吧去喝杯啤酒,之后他还会在上床前抽支烟,偶尔吸烟的人从不会因此而死。

我听着他说的这些话,他所描述的这幅生活图景填满了我们之间的空白,这是一个独居的人的生活,而自我却不是他生活的重点,因为我知道,他唯一挂念的——尽管他从未言明——就是我;想着我过得好不好,会不会如我所愿地有一个孩子,是不是有些错误无法被纠正,让我失去了两个没能出生的孩子;他还会想帕特对我好不好,我是不是在各方面都心安满足。而今,因为我,还有我的新麻烦,所有曾经萦绕在他寂静生活里的平和心绪,在他跪倒在祭坛前,或是在看比赛、喝啤酒时感到的些微安宁，也都离他而去。我看着他此刻颤抖的双手，那都是因为我，还有他眼角的泪光，和他说的话。别担心，亲爱的。别担心。事情总会有出路的。

哦，爸爸，那要是真的就好了。

昨晚我睡得不错，醒来时盼望着玛丽·克罗瑟瑞的到访。我想帮她练习书写，看她在纸上写下一个个字母。两点了，她还不见踪影。我坐在那里，想着她不来的原因，担心地摩挲着一本书的页边。我希望她有一台手机，我就能给她发短信了。我记得她之前有过，后来被没收了，那是她妈妈对她的惩罚，她还被剥夺了其他特权和财产，因为妈妈永远也无法忘记她令家族蒙羞的事实。我在非高峰时段开到阿什顿路的尽头，见到了那个说话含混不清的门卫，穿着破烂却趾高气昂的男孩们，散开在水塘间的空地上对打，我刚要踏上玛丽门前的第一级台阶，其中一个男孩就喊道，他们都走啦，女士。

去哪儿了？

不知道，英国？

我感到腹部一阵翻涌，胎儿挣动起来。我读到过这样的情况：突然的压力导致的肾上腺素的刺激。我还是走到玛丽的门前试了试，门锁上了，窗帘拉得紧紧的，我的呼吸在喉咙口停滞了一会儿，感到一阵轻微的眩晕，于是抓住台阶的扶手稳住自己。他们还回来吗？我问之前输掉比赛的那个男孩，他说，大概。结婚。婚礼。浇柏油路。他转开还有些淤青和肿胀的脸，重新摆好防卫的姿势。

我坐回车里，往爸爸家开去，之后又改了主意，掉头回家。我一路冲过门厅，换掉了所有床上的床单。我把帕特父亲没拿走的衣服都叠好，拿起一件衬衫贴在脸上，闻着残留的汗水和皮肤的味道。我又开始想他在哪儿呢，他要如何填补曾经被我填满的空缺。最后我还是去了爸爸那里，他不在家，我坐到花园尽头的水泥长椅上哭了起来，突然他在我身边坐下，一只手按在我的肩头，他轻轻地、略带尴尬地说：啊，好啦，啊，好啦，你没事啦，宝贝。

上次我们见面以后，你去看过医生了吗？

没有，医生能告诉我什么我不知道的事情呢？

爸爸看向天空，他总是看着那个方向。哦，唉，天哪。你都不去检查吗？我说我会的，一旦他们打来告诉我日期和时间；我已经预约过了。噢。是那样啊。好的，那很好，那就好。他告诉我，母亲曾经有多焦虑，整个孕期都是，她会在床上一躺就是好几天，甚至好几周，虚弱得要命，从头到脚都痛；他是怎么不去上班，待在家里照顾她，结果跟他的老板起了大冲突，因为他没经批准就休假了，他们扣了他的收入。有次他为我们担心坏了，因为她不肯吃东西，连一口水都不喝，就那样拉下窗帘静躺着，几乎不开口说话，最后他只好去找了个医生，医生来了，坚决地告诉她必须振作起来，她生理上没有任何问题，她必须好好吃饭喝水，医生给她开了药，还有一页纸，她后来很认真地研究了，始终不给她丈夫看，不过他认为那是要求她做的事，还有她要吃的东西，最后，她把自己从床上撑了起来，那以后一切都很顺利。有些时候，事情就是要有那样的过程，我父亲说。人的体内会发生他们自以为无能为力的事情，而事实是他们可以控制那一切，只是要由别人来告诉他们。

我读过一本书，讲的是一个独自在一幢小房子里生活的男人，他住在一个几乎被战火夷平的小镇。他的邻居和他童年时的朋友相互攻击，他一生的挚爱被杀害了。战争结束后，小镇继续运转，留在这里的人要继续生活下去，用不安的目光看着这里发生的一切，不断回想起过往，却从不谈论。我觉得自己能够体会那个虚构出来的男人的心情，生活在鲜血曾经喷涌的地方，身陷往日尖叫的回音。

二十五周

昨天帕特来找我了,他来的时候日头正开始下落。你好啊,我说,无意间透出些许疑问的语气,好像在接电话,好像我不认识他。他弓着身子站在那里,看起来蓬头垢面的,双臂耷拉在身侧。他看起来老了一些,还瘦了,头顶的头发似乎变少了。

时间缓慢地流逝,最后他开口说:对不起,梅洛迪。对不起。我不该说我要杀了你。

而我回答道:不该**说了**[1]。他的眼里闪过一丝困惑,

---

[1] 原文中帕特这句话没有正确使用完成时态。

接着明白过来,那是他熟悉的老套路,我的反应总是那样讨人嫌,无法克制自己,擅自纠正他的错误。他的脸更红了,整张脸都像在发光。我但愿自己的牙齿是剃刀,能够干净利落地切掉我恶劣的舌头。我看得出来,他不知道该把双手往哪儿放;于是,我未加考虑就拉住了其中一只。他张了张嘴,被我突如其来的柔情的表示吓坏了,又或者是想说点什么,我不知道,但他什么也没说出来。于是我只说了一句,没事的。

就那样。而他几不可查地笑了一下,算是回应,勉强算是往上扯了扯嘴角。他的视线落在我隆起的腹部;他的脸上掠过一层阴霾。他轻轻抽回自己汗湿的手,往后退去,转身走向那条狭窄的、野草夹道的小路,雨水和霜冻在小路的边缘凿出了乱七八糟的曲缝。他穿着我几年前圣诞节时给他买的李维斯牛仔裤。他没用皮带,裤子松垮地挂在他的窄胯上。他的削肩弓了起来;起风了,他熨得不太仔细的衬衣在骨架上掀起哀伤的波纹。他在花园门前回头看了看,挥了下手,在那里逗留了片刻,然后转过身去,背朝向我。

我站在门口向外看,看到邻居们如同强迫症般打理得完美无缺的花园:菱格形的水泥地块毫无瑕疵,侧面栽种着一排排边缘整齐划一的植物。有多少人知道了这件事？有人从一幢房子里往后看，视线径直越过这里，看向后面的弯道。布兰宁根太太。或者弗兰纳根。要不就是哪个该死的什么根。我看着帕特走远。然后我把他叫了回来。

我一开口喊他，他就转过身来，我还没反应过来自己干了什么，他就已经重新穿过花园门，进了屋子。他站在门厅里，说，我们干点什么呢？这个问题听起来既陌生又熟悉。有一刻，它给我的感觉就像我们又回到了十七岁，才刚开始探索彼此的身体，发现我们处在一个私人空间，没人会听到我们的动静，家长们也都不在，并且有相当一段时间肯定不会出现。在我们十七岁的时候，他会说，过来，而我会说，只接吻，就那么多，而他会说，好，我明白，然后不出五分钟，我们就去了我的房间，或者他的房间，身上只剩内衣，他边摆弄我的胸罩扣边抱怨，而我会帮他脱下来，他会说，谢谢，而我说，耶稣，我们浑身是汗地扭抱在一起，激情一触即发，我会说，干我，用力，用力，但要确保及时抽出来，他进入的时候我们会一同抽气，我的指甲在他的臀部压出深深的纹路，他几乎总能及时抽身，留出零点几秒的时间，因为他要等我一起，于是他在心里倒背字母表，或者想象他奶奶的朋友们的裸体，事后床单总是被弄脏，然后被小心地叠好，黏糊糊的地方折进里面，偷偷塞到洗衣篮的最底下。然后我们穿好衣服，手拉手仰面躺着，谈论一些不知所谓的事情，偶尔，要是时间允许，我们会再来一次。

有一次，在一个仲夏的午后，我父亲在我们都睡着以后走进我的房间，我们没穿衣服，身上只盖着一条被单。帕特那天早上骑着自行车在我家附近打转，家里只有我和心不在焉的母亲，而她从来不管我们。我们以为有几个小时的富余。可是爸爸那天早上离家的时候太匆忙，没来得及打包午餐，于是他在刚过一点的时候回了家，他注意到散落在楼梯上的衣服，他把它们捡了起来，拿在颤抖的手里，站在床前低头看着我们，这时我醒了，说，爸爸，怎么回事，我肏？我把被单拉上来，紧紧裹住自己的裸体，接着帕特也醒了，慌张地笑起来，然后爸爸说，噢，抱歉，上帝哪，我以为这里没人，我只是收拾一下，你们的衣服都掉在楼梯上了，他低头看向自己的手，他拿着帕特的切尔西队球衣，我的胸罩，还有我的短裙，他把这些衣服都放到我的床尾，然后他说，行吧，行吧，啊，老天，他退出去的时候整张脸和脖子都涨红了，连他讨人喜欢的脑袋尖都红了，帕特和我对视了一眼，笑着倒进枕头里，等着他离开的动静，然后我们可以再做一次。

因为我了解他，也知道他的想法，我清楚帕特同样想起了那时候的事，好像整个世界都因我们的爱才存在。那时我们才刚刚体味到彼此身体的秘密，独属于我们两个人的秘密，就连打在窗上的雨滴似乎都在应和我们的节奏，街上的人看到我们交握的双手会展露笑容，因为我们看起来那么般配，和这个世界，和我们所占据的空间也完美地契合。可我们以为是世界在迎合我们，除我们以外辐延到外部世界的一切，都是徒劳、空枉的存在。

帕特耸耸肩，他笑了，一记短促的笑声，他看了眼天花板，弹了下舌头。那块洇水的地方在扩大。见鬼。都到这儿了，完蛋了。都他妈会掉下来。我什么也没说，我们静静地站着，这感觉就像是穿上一件曾经遗失的温暖的外套，它是按照我的体形定制的，已经穿了好多年，每天都穿；和他就这样站在门廊里，什么也不用说，一切都是那么自然。他变得那么像年少时的他，我笑出声来，他也微笑地看着我，他的眼里有期待，似乎我的下一句话会是万能的灵药，抚平所有时光的褶皱，收回一切伤人的恶语和疯狂的报复。

过了不知多久，我问他在家里住得怎么样。他深吸了口气，垂下双眼，半是失望，半是放弃。他的肩膀往下垮了一些，他度过的年岁重又压上他的脊柱，弓出一道懒散的弧线。棒极了，他说。现在他们整天看电视。还抱怨下雨。他们假装一切都没有改变。他们表现得好像我一直都在那儿。他眯起眼睛，五官也短暂地挤作一团，每次他讲完一件事情后都要做出这样的表情，像是要把真相挤出来，看到他这副表情，我又笑出声来，他说，怎么了？然后他笑了，我也报以微笑。我们就那样站在门厅里，微笑着交谈，就在昨天傍晚，日落月升的时分，割草机逐一收敛了动静。

那天你在城里抓狂的时候，他们有点焦虑。

什么？

你跟那个小流浪汉去城里的那天，对着艾斯利·布莱恩和玛米·格兰尼还有别的什么人吼了起来。说那些妓女的事。太操蛋了，梅洛迪。不成体统。艾斯利和玛米回来之后可是火力全开。说她们传的可都是原话，她们知道这些话没一句是真的，那个人一向就会惹麻烦，但她们要把听来的话都说清楚。

别说流浪汉。她是个游民。

你也在教她阅读吗？

教过。她去别的地方了。

你需要钱吗？

为什么这么问？你有钱吗？

我搞到点退回来的税。我们到处乱窜的那些年我一直在给这些烂货多交钱。想想吧。

他开始谈论那些税务员，他是怎么从头开始的，他就是去处理一些小事情，去给供应商付现金，又说了伊格内休斯·法瑞尔是怎么到处乱窜，瞎骂一气的，因为我在城里提到了他的名字，他还说不在我身边的感觉怪怪的，虽然他知道过去就不对劲，好多年都不对劲了，我们可能一直都像陌生人，但怎么说呢，他没再多说什么，这时我们已经坐到了厨房的桌边，最后他停下不说了，他等待着，我也是，等他组织好语言以后，他说：你不会打掉它吗？

他的眼里突然涌出了泪水，他朝我靠过来，可我往后退开了,而他在说,我们可以离开,我们随便去哪儿,加拿大很容易找工作,他们特别需要木匠和电工,我们到北边找个地方,整年都下雪的,你喜欢雪,梅洛迪,那里没人认识我们,没人知道我们的事,我们可以把争吵都留在这儿,重新开始。

好吧,我对他说。所以说,我把孩子打掉,你就还要我,我们可以去别的地方生活?

是啊,他说,他摊开双手,手心向上,放在我面前。

可我任由它们空在那里,我说:随便哪里?我们可以去随便哪里生活?

是啊,他又说了一遍,他的手还摊在那里,等待我的双手。

要是我把房子卖了,买一个移动房屋,到阿什顿路的宿营点申请一个位置呢?你会到那里跟我一起生活吗?

他注视着我的眼睛,看到留给他的只有怜悯,他轻笑了几声,闭上双眼,堵住新一轮的眼泪,他把张开的双手握成拳,按到脑袋两侧,他突然站起来,向后的冲力大得把椅子都推倒了,他说,你和那些流浪汉**到底**怎么回事？你和你操蛋的流浪汉！

　　他转过身去，弯下腰，拉起椅背，把倒下的椅子捡起来，他把椅子甩过头顶再放下，椅子腿重重地砸在地板上，裂开了。我闭上眼睛，屏住呼吸，用力抓紧桌子的边缘，过了一会儿，他离开了，只余下他的谩骂还在我耳边回荡，逐渐平息。我想了一两秒钟要不要把他叫回来，问他想不想跟我上床。

二十六周

因为我体内涌起一种可怕的需求，一股灼热的欲望。今晚屋外不是很热，空气里有雨水的气味，可我把卧室的窗都打开了，全身都覆着汗水，哪怕轻风送来几许凉意，也只让汗越出越多，滚过我赤裸的皮肤，为这闷烧的欲望更添一把火。每次我一闭上眼，就会看到马丁·托比，他晒黑的宽肩，倒三角的躯体，他的手臂撑在我的身体两侧，他炽热的蓝眼睛，他的低语，小姐，噢，小姐，我爱你。我也看到了帕特，十七岁的帕特，比马丁·托比白一些，不如他那么壮实，但几乎和他一样俊美，他紧闭着双眼，尽力克制自己过早地攀上顶峰，为了取悦我，为了向我证实他是一个男人，能够满足我，满足他的女人，他的女孩。

支路的施工点旁站了一个人，手里拿着停下的标志。有天我排在等候队伍的第一位，他冲我眨了眨眼，迎着我的视线笑了。有天晚上，我在朗希尔看到他穿着汗衫短裤在跑步。他的一双长腿肌肉发达。我做了一个梦，梦见他在跑步，我开车经过他身边时放慢了速度，等他注意到我，我就停下来，他也站住了，站在路边窄草地的一条小道上，汗津津地喘着粗气，我俯身过去打开副驾驶位的门，他坐了进来，这时我醒了，我试着重新滑进梦里，回到我湿透着醒来的地方，可我这回梦到的是一艘木船，被弃置在一片幽深的海域，船上都是孩子和他们的母亲，父亲和丈夫平躺在纵摇甲板上，向缺席的神灵轻声祷告。我又醒了，微风穿过打开的窗户拂到我脸上，风里有盐的味道，周围一片漆黑，我的身上没盖东西，我吸了口气再呼出去，静静地躺在那里。

我把车停在博里索坎附近的一条路上，等着孕吐发作。我站在一个牧场的入口处，一头长睫毛的奶牛盯着我看，然后我感到恶心，开始呻吟，近似尖叫，奶牛惊恐地跑开了,一边跑一边拉屎。我向后倚在汽车引擎盖上,抹去下巴上的污物,也擦去眼里的泪花,看着云朵遮蔽了一抹蓝色的天空,天色变得黑沉,周围的空气凉飕飕的,雨雾打湿了我的前额,我又靠到车上,考虑是不是要掉头回家,相信自己的直觉,认定我的宝宝正在长出四肢,他的心跳强劲有力。为什么要看到身体里的他呢?几百万年来,孩子都是这样出生的,没有超声波扫描检查他们的生长进度,我们也过到了今天。可我还是往前开了,穿过波塔姆纳的破桥,沿着蜿蜒的窄路向北行,穿过巴利纳斯洛边缘那幢冰冷的花岗岩大楼宽阔的大门,我给了他们一个名字、一个个人公共服务号码[1]和一个住址,我也给了他们一个父亲的名字,我把左手平放在桌上,于是人们可以看到并注意到我的婚戒,还有戴在婚戒下面的单粒钻戒,那是帕特拿到电工执照后,用前三个月的工资买的。

他整整三个月都没喝酒,也没抽过一支烟,为了节省汽油费,每天都骑自行车去工地,几乎不吃东西。他

---

[1] 在爱尔兰,个人公共服务号码(Personal Public Service number)是一个独特的个人身份识别码,可帮助居民获得爱尔兰的社会福利、公共服务和信息。

在比尔城堡花园里的一处喷泉旁边跪下，把钻戒举到我面前，我很惊讶，虽然我知道他会去买的，因为我们好久以前就达成了共识，我们是要订婚的，也为怎么订婚吵过几十次，但他还是对我说了，你愿意嫁给我吗？我看着他不确定的眼神说，愿意，可我不记得自己有没有笑，也不记得他笑了没有，他给我戴戒指的时候手在发抖，他说我们可以换的，我想要的其实是那种镶一圈碎钻的款式，而不是单颗的钻石，可我想到他在商店里的样子，被带进一个小房间，那些穿修身衬衣和紧身短裙的漂亮姑娘捧着一盘盘的戒指，让男人们查看，挑选，他的脸肯定涨得通红，摇摆不定，我的火气腾地一下冒了上来，同时迸发的还有我的愧意，两种情绪在我的脑海里缠斗，而他就那样看着我，几乎屏住了呼吸，于是我说，不用换，亲爱的，它很完美。它确实很完美。

在医院里，我没有告诉他们前几次流产的经历，因为我说不出口，而我也只想听他们说我本来就心里有数的消息，丰满的护士微笑着问我的生日是哪天，我问她为什么要知道这个，她又笑了，视线左右游移，有点惊讶，又像嘲讽，她把我说的日期填到表上，她写字很慢，很小心，写的是草书，光是看着她写都让我感到生气，她还叫我亲爱的，尽管她起码比我小五岁，她让我到一个房间里去，门上写着**超声波等候室**，里面已经坐了十几个女人，还有几个不自在的男人，他们不知该看哪里，于是牢牢地盯着自己的苹果手机屏幕。所有人都围坐在一张桌子旁边，桌上放着一些卷页的杂志。我也坐了下来。终于轮到我了，操作员是个年轻的金发女郎，漂亮得不可思议，当我听到一记心跳透过她手中小小的扩音器传出来，眼泪夺眶而出，她按住我的手，笑着对我说，看到的、听到的一切迹象都很好，她打印了几张照片，把它们递给我，光影的变化勾勒出不同的形状，我几乎没法正视它们。我听到了哭喊的回音，以前从来没有过，我自问他们曾蒙受了多少痛楚，我其他的孩子们，在他们滑入黑暗的时刻。

我离开时经过了护士站，那个丰满的护士叫住我，问我介不介意稍等一会儿，和医生见个面，简单聊一聊，我点点头，因为我的嘴巴很干，也担心没法控制好自己的声音；几分钟后，她把我带到一个房间里，里面只摆了一张小写字桌和两把椅子，一面墙上安了单个书架，上面放着一排书。一个肤色黝黑的高个子男人站着在看一张图表，他抬起头来，眼白浑浊，眼皮也耷拉着——我想是太累了，可能还有别的原因，我意识到自己盯着他不说话的时间有点太长了，我看着他的脸，绷紧的下巴线条，乌黑发亮的头发，下巴中间的褶皱和整齐洁白的牙齿。我的梦又晃荡着回来了，在我的脑海里浮动，那艘被暴风雨抛在海上的船，女人们和孩子们害怕地挤作一团，躺平了在祈祷的男人们。我不知道为什么会这样。一开始，医生看起来和我一样茫然，然后他笑了一下，问了我一些问题，都是护士刚才问过的：我最后一次月经是什么时候，还问我抽不抽烟，有没有高血压史。他说话的语气让人安心，虽然我不太记得他都说了些什么，因为那些不受控制的念头占据了我的全副心神，我想起了过去的三次流产，只有帕特知道，那过程像是一次血量很多的月经，可我确实清楚地知道，我的身体排出了某些不对劲的东西，无可挽回，没有别的可能，帕特看着我睡裙上的血迹，还有我脸上的眼泪，他会背转过身去，站在卧室窗边，看着外面的雨。几个月后，他站在同样的地方，这回面朝着我，身上未着寸缕，只有一条绷带挡住了刀口的伤疤，他对我说，我只能这样，梅洛迪，只能这样。以后不会再有那样的事了。

我就这样为自己的罪过正了名。其他的我什么也做不了。帕特做了切除输精管的手术,为这具肉体造就的痛苦惩罚了它,也惩罚他自己;他拯救了我,也惩罚了我。生命会为了自身的繁衍改变其形体和状态,肉体本该孕育别的肉体,而我成了一艘不知始终的盲船。马丁·托比和我之间流动着某些未曾言明的东西,从我们的外部而来,我们都感到了这种力量的存在,对此我们无须理解,因为本能和命运的周转并不在我们的理解范围之内。在我们用尴尬和礼节筑起的堤坝背后,一周又一周累积起来的压力——那是一种福祉。我们不知道是什么或是谁赐下的福祉,也不需要知道,直到那座堤坝最终在我家的厨房里崩塌,一切随之轰然泻下,冲垮了我们,那一刻我们从彼此嘴唇的温度里感知到了那股被禁锢至此的力量,我们继而失去了知觉,无助地承受着灭顶的洪流,我们的动作也和拼命挣扎着寻求空气的落水者别无二致。我就这样为自己的罪过正了名。

但其他人会说:你个肮脏的婊子。别粉饰太平了。你勾引了一个只有你一半年纪的小孩,利用他,你他妈干了他,因为你没法克制自己。你做不到体面自持。你上课的时候坐得离他太近,假装鼓励表扬他的时候,摸他的手摸了太久;你穿的衬衫瞎子看了也会流泪,你的短裙对一个男孩来说又太暴露,他爸付了钱让你教他读书写字,他信任你能守好交易另一方的本分,结果帕特一去训练,你就换掉宽松便服,等着马丁过来,你仔细挑选内衣,还在脖子的动脉上抹了香水,这就足够定你的罪了。你所有的过错都是自发的举动,而所有的举动都是有意为之,带着怨毒的预谋。你折磨那个男孩,对他软言细语,压到他身上,你呼吸着他炽热的激情,直到一切都失控。什么样的十七岁男孩会为你这样的女人疯狂?一个不知节制、毫不正派的女人。一个半截身子进了监狱的老女人,饥渴难耐。一个疯狂、下流的婊子。

二十七周

布丽迪·弗林来我们学校的第一天就被安排坐到我旁边。我们当时在上四年级,她是开学两周后才来报道的。她们家从都柏林搬了回来,之前她爸爸在那里的银行工作。她用一种古怪、优美的口音对我说,她喜欢我的爱心熊[1]铅笔盒,她吃吃地轻笑了几声。她比我高一些,长得很漂亮,棕色头发垂下来挡住了脸。那时她的脸颊上已经开始长小疙瘩和红斑了。

几分钟后,她突然转向我低声说:你知道**熊**其实并

---

[1] 首创于1981年的卡通形象,原本用于贺卡,后逐渐衍生出玩具、影视等周边产品。

没有**爱心**,对吗?我没有搭腔,因为对此没什么好说的,我被她身上所有和我不一样的地方震慑住了。真的,它们一点儿也没有爱心。它们甚至会吃人,它们真的会吃。然后它们把吃下去的人拉得满树林都是。所以别把那些毛茸茸的鬼东西当成你的朋友。它们一眨眼就会把你吃掉,再把你拉出来。它们除了吃和拉什么也不干。该死的熊。我恨它们。然后她笑着说她很抱歉,她就是很不高兴要住在这个鬼地方,她自己家里也有爱心熊,还问我要不要去看,我说好的。

我去看了爸爸,告诉他检查的结果。我对他说孩子很好,问他想不想看超声波的照片,他说好的,到壁炉架上堆着的信封、传单和小摆设中间去找眼镜。他几乎是虔诚地戴上了眼镜,从我手里接过那几张正方形的小照片,他的手微微颤抖着,把照片拿开一点距离,他沉默了很长时间,然后说,噢,主啊,救救我们。他们只能拍到这个程度了吗?是男孩还是女孩啊?我开始对自己产生怀疑。我怎么能让父亲陷入这样尴尬的境地。

今天门铃响的时候,我透过边窗的毛玻璃看到了帕特的身影，我站在门厅里犹豫了一会儿。我不能再承受一次那样的歇斯底里了。结果是他父亲，他站在那里的体态就像他儿子，弓着身子，垂着双臂，低着头。我开门的时候，他手里还燃着一支雪茄，烟味冲进我的鼻腔，一路涌到我的喉咙口。他把烟头弹到我长满蒲公英和杂草的草坪上，像一个站在酒吧门口抽烟的人，随时准备重新隐入黑暗之中。那个姿势不适合他，或者说不适合我印象里的他，那个人总是穿着开衫和拖鞋，待在他铺了软地毯的客厅里，热情友好，目光和善，就像我自己的父亲。他的衣服看起来也不对劲：牛仔裤、格纹衬衫，一双亮白的跑鞋；这身打扮太欢快了，和他脸上的皱纹，还有他疲倦的眼神很不相称。你好，帕迪，我说，好像我一直在等他。他把重心从一只脚换到另一只，仍然回避着我的目光，被他丢掉的烟头还在冒烟，徐徐地笔直向上飘去——今天没有风。他周身仿佛笼罩着一层寒气，身体的轮廓显得特别尖锐；他所有的愉悦情绪，他父亲般的柔情都不见了。最后他抬起脸，问能不能进来一会儿。我想说，不行，帕迪，你不能进来。我没有什么好说的，我猜你要说的话我也不想听。可我还是往后站了一点，把门拉开，我看到他手里拿着一个厚厚的信封，他走到厨房里，站在桌子的另一端，早晨的太阳在他周身投下圣洁的光芒，我很高兴看到他莫名锐利的轮廓模糊了一点。

你要喝杯茶吗，帕迪？我没来得及多加考虑，这句话就自己冒了出来。

不用了，他说。神，不用了。他说话的语气很坚决，吐字也很清晰。这是一个我从没见过的帕迪，就是那天他来拿帕特的东西的时候，他也不是这样。他把信封放到桌上，指了指。那里有一千欧元，他说。我还能再送去给你一千。送去给我？到索尔特希尔去，戈尔韦。我有个朋友，他在那里有一间空置的屋子，他说你至少可以在那里待一年。也许还能再久一点，要看他觉得你怎么样。帕迪一直看着那个鼓鼓的信封，双手搭在椅背上。他的声音低了下去，流露出一丝颤意，我忽然感到很难过，为这个我认识了半辈子的人，而我从来没有真正理解过他。我能想象艾格尼丝指点他说话的样子，数出这些纸币，然后再数一遍，为这笔钱感到可惜，告诉他除非把问题解决掉，那个人从镇上消失了，否则他就别想再踏进门。

最后他终于正视了我，眼里闪着泪光。你知道你造成了多大的伤害吗？我用沉默代替了回答。我的孩子待在家里，他只是个空壳。你做的那些事。你说他做的那些事。我一点也不想知道。我只相信亲眼看到的，我看到的就是我的孩子在家里蜷成一团，你站在这里，肚子里还有别的家伙的杂种，你到处撒谎，毁掉了我家的好名声，唯一的救赎是全镇人都知道你是个疯子，就跟你母亲一样。愿主赐她安息，求主原谅我。现在，以主之名和天堂的所有圣徒之名，以圣母之爱的名义，能不能，请你，拿上这个，从这里离开？要是你不能开车，我会亲自送你过去。我会在车后面拉个手推车，自己走回来，只要你能离开，那样帕特才能忘掉你。你很容易就能把这幢房子卖掉，桌上的钱还有我之后寄给你的，能让你撑到把房子卖掉，主在上，这个国家的人都疯了一样要把钱给你这样的人。地址在信封里，还有钥匙。你到了以后只要给供电局打个电话，他们就会恢复供电的。家具都有，还有海湾的景色，几步开外就有散步的地方。我们也会参与的，跟沃尔什那帮律师一起，帕特和我，我们会把事情合法地处理好，体面地料理完，让我的孩子重新振作起来。他还是可以过上好日子的。

哦，是吗？我说。那对他不是挺好吗？你走吧，帕迪,把信封也拿走。我指着炉子旁边的角落说,你可以把那些椅子的碎片一起带走,几周前你在忙活这些事的时候,你的宝贝帕特把它摔得满地都是。我闭上眼睛,做了几个深呼吸,撑在料理台上稳住自己,等我再睁开眼的时候,飘窗那里已经没人了,前门传来关门的响动。

我的孩子在长大,他长出了睫毛,我能想象那一双乌黑的羽睫,他睁开和闭上眼睛的样子。我站在飘窗前,撑住上身,那样孩子就能沐浴在一道光线里,我想象着他好奇的样子,眨着眼,看向这道光芒,伸出小手去触碰。我躺在沙发上,轻轻哼唱一首傻乎乎的歌谣,我只记得大概的旋律。我感到他轻轻地撞在子宫内壁上,那堵把他留在我体内的墙,他伸着懒腰打了个哈欠,慢慢安静下来,归于等待。

二十八周

距离帕迪来访又过了几天。那个信封还放在桌上。我没去碰过,我希望自己永远不用去碰。帕特还会来的,毫无疑问,到时我会叫他把信封拿走。那天晚上我给他发了短信,内容是,*我哪儿也不会去*,他回了一个问号,还打了电话,可我没心思跟他吵,就把手机关了,到现在都没开。

今天早上,我父亲来了,他检查了一下我花园的状况,还有后院,混凝土板之间的缝隙都长满了杂草,他在厨房的桌边坐了一会儿,我说,你看起来比上次好点了,身体灵活些了,他说,是啦,我一向都不太糟,但是我学着克鲁姆一样做啦,劳伦斯医生说我应该去打那什么玩意儿,你知道的吧,那东西叫什么来着,可的松,我记得是那么叫的。老实说,我不喜欢打那东西。感觉不太对。可我打了就能干很多活儿,要是不打的话,这些事情都没法做。

关于他的健康状况,关于如今掌管了他身体的疼痛,我父亲就只对我透露了这么多,而我能给他的回应就是,哦,好的,爸爸,我很高兴。

他修剪了我前院里的长草,用耙子把剪下来的草码整齐,又用割草机把剪过的草坪推平整,我看着他把双手抵在腰背处,慢慢地直起身来,他的眼睛紧闭着,张着嘴,能看到他的牙齿,尽管他说那些注射剂让他的身体不再僵硬,疼痛也减轻了。马路对面有个女人也在打理自己的花园,她一边干活一边看他,他冲她挥了挥手,她也回应了一下,他们讨论了几句天气,以及是不是能在下雨前把事情做完。我站在那里,双手搭在腹部,感受着奔腾的血液流经那儿的暖意。

昨天我开车去看爸爸的时候绕了一段路。我在宿营点入口的地方放慢车速,停下来研究了一会儿玛丽那辆拖车的窗户和门，看起来一切如常，不过围栏两边的枝杈长了出来，很快就要在她的门前会和，早熟的玫瑰花已经开了，有粉色和橘色，我好奇是什么滋养了它们的根系，玛丽门口台阶旁的两块土壤都长满了灌木和杂草。也许经常有人往里面堆马粪吧，玛丽的父亲，或者其中一个年长的男孩。她被完全排除在外了吗？

我渴望见到她，和她坐在一起，看着她的视线在儿童读物的书页上移动，看着她的嘴唇读出一个个单词的口型，还有她看向我寻求认可的眼神。

门卫斜靠在水泥门柱上打哈欠，小男孩们还在横冲直撞地互殴，一匹斑点小马咀嚼着，看着他们，一根缰绳从它的脖子上晃悠着垂下来，也没拴在什么地方。每天都有新的拖车停进来，只是没有玛丽和她的族人的，我感到一阵刺痛传遍了手指和脚趾，我的心跳停顿了一拍，接着又是一阵心悸，我不明白我的身体怎么能这样自行运转，在我都不明确自己心意的时候，就作出了如此确切的反应。玛丽·克罗瑟瑞让我感到平静，我只知道这点。门卫终于注意到了我，他举起一只肉乎乎的胳膊向我示意，我微笑着点点头，把车开走了。爸爸不在家，于是我在车里等他，我哭了起来，不明白这些眼泪是为谁而流的。布丽迪·弗林、玛丽·克罗瑟瑞、我母亲、我父亲,还有帕特。最主要的,还是为了我自己。

天色暗沉,空气沉滞。我的皮肤上布满了汗水。今天,在超市里,我停在放速冻比萨的冷冻柜前,把购物篮放到地上,打开了柜子的玻璃面板。我感受着冷柜里飘出的让人舒心的冷气,闭上双眼,我张开眼睛的时候,一个驼背的老女人磨蹭着朝我走过来,她毫不客气地把她那张皱缩的脸戳到我隆起的肚皮上,对我说,他们没见过黑暗,你见过了。天使为他们照亮前路。她挤出一个微笑,然后挺了挺身板走开了。

又一个早晨来临。空气里有雨水的味道。昨天夜里我体内又燃起了同样的渴望,我尽可能安静地躺着想其他事情,天亮前的几个小时,我近乎赤裸地在房了里走来走去,运用肌肉的力量,让它们伸展开来,试图让它们感到疲倦。我拿着手机,不停地给帕特写短信,要他过来,又在发出去之前把它们全部删掉。我又一次体会到大学时我停药以后的感受,因为我买不起药,帕特也买不起,他也从来不用避孕套,我们会躺在我的小床上，我想要他留下来，我会权衡这一刻的欢愉和这一刻以外的人生，欲火蒙蔽了我的心神，此刻的欲望压过了理智，然后我们会整天整周担惊受怕，直到我来月经。要是此刻我也让欲望占了上风呢？要是我让帕特像个毛头小伙一样，从他父母家里溜出来，穿过深重的夜色，进入我的房间，进入我的体内，他会感到飘然的希望，而我会在完事以后再度让他心碎？我能这样做吗？这次我抵御住了诱惑，可下次呢，我不知道。

二十九周

昨天玛丽·克罗瑟瑞回来了。噢,感谢上帝,我看着站在门口的她说道。

什么?她回问我,抿紧上唇,做出一个嘲弄的表情。

你去哪儿了?我问,我的声音听起来不太高兴。

管好你自己的糟心事儿吧,她说,看到我一脸震惊的样子,她大笑起来,回头看了看我修剪过的草坪,说,谁帮你丁的?

我父亲,我告诉她,而她说,他可真是个了不起的人啊!要是我做了你那样的事,我父亲会杀了我的。他是个好脾气的人,你父亲。他多大年纪?

今年圣诞节他就七十二岁了,我说,她跟我说过,她父亲大概四十了,没人清楚他到底几岁,他的肠子不大好,但他比所有二十岁的人都健壮,对上任何人都不怵,还会让他们感到对上帝的敬畏,她抬起手遮住脸,突然哭了起来,她裹在牛仔外套下面的瘦弱肩膀颤抖着,眼泪和她紧身牛仔裤上的亮片混在一块儿,我站在那里看着她,她转身要走,可我的语气泄露了我的想法,我是那么绝望地想要她留下来。

别走,我说,拉住了她的手。

她眯起眼睛看我,吸了下鼻子,说,你对我不是那种喜欢吧,小姐,是吗?

宾客们在婚礼上打了起来。弗兰一家是新郎的亲戚,克罗瑟瑞一家则是新娘一边的。玛丽没在场:她被留在她母亲表亲的家里,只被允许帮她的姐妹们穿衣服,化妆和美黑。你要是能看到她们的样子就好了,小姐,特别是我的小玛格丽特,主啊,她真漂亮,一件缀满亮片的上衣,V领一路开到她的肚脐,裙子也配得特别完美,她的腿长得你都没法想象,一切几乎就跟发生那件麻烦事前一样,看到她们又一次没带我就出去了,我的心差点碎成两半。

可是在招待会的时候就出了事。妈妈给弗兰家提了息事宁人的条件，还有第三家公证人要来，那样两家人在谈条件的时候就不会打起来，她跟爸爸说好了，他要去问弗兰家愿不愿意拿一笔钱，我不知道具体有多少，我们会把在各地铺柏油的权利都让给他们，好多年来都属于我们家的地盘，我和布奇的离婚手续也会很快办好，事情就会变得和过去几乎一样，结果他们说，不行。他们不能原谅。其中一个人对爸爸说，他给布奇送了二手货，他们永远不会忘记那件事，爸爸抡起一个装苹果酒的瓶子，在说话的人的头上狠狠砸了一记，然后就乱套了，打得一塌糊涂，警察也来了，一大帮人被警车带走了，救护车拉走的人更多，第二天早上我们就赶去搭渡船。回家的路上妈妈一直在怪我。这就是你干的好事，她一遍又一遍地说，这就是你干的好事。过了好一会儿，我爸爸叫她闭嘴，因为他听够她的叨唠了，他说，她没法控制自己的身体，上帝要她生不出孩子，就那样，现在都结束了，到此为止吧，妈妈只是看着我，好像我是一丛鲜花里的野蓟，但她明白不能跟那样的爸爸对着干，他的一边脸都肿了起来，被一个弗兰家的人用力打了一拳，她把几个妹妹和弟弟从我身边带走，让他们到船的另一边去，可是爸爸留了下来，坐在我身边，跟我讲了打架的事情，还有那个侮辱我的男人，被他用瓶子狠狠砸了一下脑袋，好久、好久以来，我都没有那样快乐过，摇晃的渡船也不那么让我害怕了。

争斗过后就有了世仇。一时的冲动演变为深重的敌意。这些都不是玛丽的错，也不怪布奇，只能怪他们命定的星宿产生了错误的交集。每天我都等着听新闻，没有什么新消息，但她的父母现在高度警惕，在宿营地入口处安插了五六个表亲，在过去睡眼惺忪的门卫站的地方排开，据说他们想要公平地打一场，把事情了结掉，但就目前来看还远不到那个地步。首先要有一些小规模的冲突，看起来是那样，双方的盟友都要被调动起来。我每天开车去那里接她，哪怕弗兰家的人都气疯了，也不会有人蠢到来攻击一个固定居民的车，一个乡民的车。有些日子，妈妈会站在那排满脸雀斑的守门人后面，粗壮的胳膊交叠在胸前，看着我等在那里，等我离开的时候，又对我点点头，于是我更努力地教玛丽读写，想做一个妈妈眼里的正派人，因为她身上有股力量,让我想要取悦她。我们学字母表,读苏斯博士和伊妮德·布莱顿[1],还有我从图书馆借来的其他书籍,都是用来帮助学习能力不够的成年人的。玛丽把两手夹在大腿中间,身子弓得很低,一遍又一遍地尝试阅读那些书。偶尔她念出我的名字时,我以为自己听到了布丽迪的声音。

布丽迪觉得我母亲是个女王,起码也是个贵族。她会来我家看电视,听音乐,或者就坐在秋千上兴致勃勃地说闲话,每次她都要问我母亲在哪儿,听到她在房间里就会表现得很失望——通常我母亲都在房间里,拉合窗帘躺着。我母亲跟布丽迪说话总是直截了当,问她过得怎么样,她父母怎么样,给她饼干或薯片吃,而布丽迪总是拒绝;我母亲会说,就是那样,管理好你的身材,她会对布丽迪微笑,把那些吃的留在我面前,我一边吃一边好奇,身材有什么好管的,我也不明白"身材"到底是什么意思,我会低下头看着自己孩子气的身体,小短腿,圆滚滚的肚皮,然后我又看向布丽迪露在

---

[1] 苏斯博士(Dr. Seuss, 1904—1991),儿童文学作家、教育学家。伊妮德·布莱顿(Enid Blyton, 1897—1968),英国儿童文学作家。

外面的长胳膊，修长的双腿，优雅的脖颈，还有苍白的皮肤和蓝色的大眼睛，我会感到一阵翻腾的情绪，混杂着艳羡、爱慕和可怕的妒忌，她能让我母亲露出笑容，我母亲想要一个天鹅般优雅的女儿。

一到我家，布丽迪在自己家里紧绷的身体部位都会放松下来：她的肩膀、脊背和眼睛；比起在家的时候，她笑的时间更长，也更大声。我母亲的傲慢态度从来不妨碍我们找乐子。有时她会站在厨房的水池边抽烟，笑着看我们玩耍，我记得是那样的，但我从不会长时间地盯着她看，所以我的记忆可能并不准确。一个晴朗的日子，我在花园的尽头，看到我父亲也站在窗边，他们面向彼此接了一个吻，他们的嘴唇停留了一会儿才分开，而我感到前所未有的幸福，在那以前我从不曾体味过这种幸福。但那一幕只发生过一次。

三十周

　　昨天深夜,有人把一块砖头砸进我的窗户。我被玻璃破碎的声音吵醒了,以为自己在做梦,继而又睡了过去。凌晨时分我再次醒来,和平常一样在半明半暗的房子里走动,缓解腿部和背部的僵硬。经过前面的房间时,我看到了玻璃和被风吹动的窗帘,沙发上有雨点的痕迹,那块砖头躺在地板上的一堆碎片里,显得那么无辜。砖头上用修正带还是白色颜料写了什么东西,可是我在街灯和晨光下看不清楚,我也无法从站的地方走开,甚至不能去开灯,时间一分一分过去,起码我的感觉是那样,然后我打了个激灵,把手从嘴上拿开,慢慢地走进房间。我调整姿势站好,然后俯身去看那块砖头,顶上那一面写着**荡妇**,长的一面写着**去死吧母狗**,短的那一面是**淫妇**,还有几面我看不清楚,我也不想看了。我对此的第一反应也许意味着我真的疯了:**去死吧**和**母狗**中间应该有个逗号。呼格的实例,我在疯狂的头脑里喷了一声。

吉姆·吉尔达来了我家,而我对他说的第一句话是:我以为你退休了。

他说,我是退休了,似乎还笑了下。他身后站着一个女孩,身上套了一件大得夸张的荧光色外套,头上的大盖帽对她来说也太大了,她深色的眼睛里毫无波澜,从头到脚打量了我一番,又越过我看向玄关,吉姆说,这是卡罗尔,过了一会儿他又纠正自己的说法:莫里斯警探。她是新来的,他说,又冲我笑了一下,这回笑意更明显了,他问能不能进来。于是我们就站在客厅的走廊里,三个人一起,看着那块砖头和碎玻璃,好长时间都没人说话,直到吉姆问,上面都写了什么?

他强调**上面**这个词的语气让他听起来好像我父亲在说话,于是这一刻我放任了自己的脆弱,抓住他的手臂,我说话的时候感到自己的脸扭曲了:荡妇。上面写的是，荡妇，去死吧，母狗，还有淫妇。

噢，吉姆说，我知道了，上帝。

耶稣哪，莫里斯警探说，探身绕过吉姆的肚子看向我，从上到下，之后又看了一遍。

你能不这样从头到脚地看我吗？我对她说。就这点时间你已经看了两遍了。你要检查的是那块砖头，不是我吧？她抿紧嘴唇，转过身去，吉姆哼出一声轻笑，有一会儿我肯定他打算说点什么，像是"现在出去吧，你们两个，到院子里玩一会儿，我来把事情解决了"，可他只是说，啊，好啦。好啦。我们去喝杯茶吧。把窗帘全部拉开，卡罗尔，让它们不要拍来拍去的。他向下看了看我，冲我眨了下眼，说：就跟这里某些人特别能说的小嘴似的。我们沿着走廊往厨房走去，一路上他的大手一直扶着我的手肘。

他们没把这东西从车窗丢到你的车里可真是奇迹，吉姆说。那可简单多了。他们胆子够大的，不管是谁。他们要站到你的花园里才能丢进来。卡罗尔和我会帮你清理玻璃的，免得你弄伤自己，我会把这块砖头带走，不过你也知道这回事。

知道什么，吉姆？

我们所应知道的一切

哎呀，这些事情会怎么处理。这是谁干的，大家都心知肚明，可谁也搞不清到底是哪个。这帮家伙骑着自行车四处捣蛋，整晚偷跑。这附近过去没有、现在冒出来的房子太多了，根本管不了这帮流氓。肯定是有人被挑唆了来干这个，敢不敢之类的，你可以肯定。听说了一点你的事情，就跑来借题发挥一通。

吉姆看了看我厨房柜子的顶端，又看了看没擦过的地板和堆在水池里的盘子，问我觉得怎么样，过得还好吗，我是不是一直一个人，我说是的，我一直是一个人，我他妈的被丢在这儿了，吉姆，被该死的毫不留情地……狗娘养的！

我的口才居然变得这么差，卡罗尔扑哧一声笑了出来，她呛了一口，把喝进去的茶又喷回到杯子里一点，吉姆只是怜悯地笑了笑，说，啊，好啦。你不打算去跟你父亲住一阵吗？我几乎每天早上都看到他走路去望弥撒。他是个了不起的人，你父亲。我敢说他会很高兴你去陪他的。

噢，你他妈就滚吧，我说，从他手里夺走了杯子，卡罗尔开始说话，她的声音又尖又细，吉姆制止地看了她一眼，准备去找自己的帽子。然后他停下动作，转向我，朝我俯下身来,像是要说一些很重要的话,他把一只手轻轻地搭在我胳膊上说:你开门的时候,我戴着帽子吗?

于是玻璃和砖头被拿走了,有人过来换掉了那块被砸破的玻璃。也许我应该把伊格内休斯·法瑞尔的事情告诉吉姆和他的女门徒,因为很可能就是他干的,但我一直没说。我能说什么呢?不久前的一天晚上他来了,顶着一张杀人犯一样的脸,摔开我家的门,我觉得他可能要痛揍我一顿,或者强奸我,也可能既要揍我又要强奸我?他没有威胁我。他问我在到处说他什么。他说我是个婊子。他的样子挺吓人的。吉姆会说,那样不足以要求警方继续调查。吉姆还会说,我会叫他来局里聊聊。而我会说,也许是来聊聊该死的曲棍球吧。老吉姆的眼神会显得更加忧伤和迷惑,他的帽子可能永远也找不到了。

玛丽·克罗瑟瑞来的时候,镶玻璃的人还没走。我告诉她发生了什么事,尽管我本来不想说的。荡妇和淫妇是一个意思吗?她问。

我想是吧,我说,差不多。

可是,我不大喜欢**去死吧**这个说法,小姐。要是有人想夺走你的性命,这总不是件好事。有次我们在一个农夫的田地里扎营,我们得到了那个人的准许,我想爸爸还给了他钱,那个人喝酒喝得很凶,只要他能搞到够喝几天的钱,他才不在乎谁在他的地里扎营呢,夜里有人来了,用猎枪开了两枪,打穿了爸爸那辆全顺的侧面,不过那时候车里没人,因为已经很晚了,除了爸爸没人受伤,他的伤也是自己双手撑地跪在车门前弄的,感谢上帝我们当中没人受伤。我的弟弟和妹妹们那时候都还很小,我还是妈妈最喜欢的姑娘,她把我抱得那么紧,差点没勒死我。

现在我的宝宝生活在一品脱半的羊水里。这听起来并不够多。我喜欢想象他漂浮在液体里,悬荡着,处在失重的状态。但他这会儿该有三磅重了,我们承受着同样的重力。我的脚看起来扁平而巨大,鞋子开始挤脚。一天里的大部分时间我都光着脚。我闭着眼睛,静静地坐着哼歌给他听,期待他的回应。我能感到他在听。我能感到他把手按在我的手上。故事自始至终都在那里,存在于旋转的星辰之间,那些早已诉之于口的,和所有亟待到来的部分,点点光斑如同盲文,在黑暗的底幕上完整地叙说。

三十一周

　　我没和爸爸说被人丢砖头的事情。他知道的那些已经够糟了。他自己痛得要命，还要安抚我，关心我，这够糟了。想到他还要再通过劳伦斯医生到克鲁姆的骨科医院作一个预约，在劳伦斯医生手写病历的时候，抱歉地说自己给他添麻烦了，惊恐地到处翻找他的病历卡，在高速公路上开车时焦虑不安，碰到卡车从他身边开过就会更紧地抓住方向盘，害怕这些车子呼啸而过的气流会把他吹离自己的车道，还要不停地瞟着路标，确保不会错过自己的出口，坐在等候室里，跟坐在对面的人聊几句天气，假装毫不在意地轻声哼歌，看向窗外的树，到房间里脱衣接受检查、评估和注射的时候会脸红,听到那些他其实不明白的话也点头假装听懂了,用颤抖的手给一个无聊的秘书写支票,一边还要为自己的动作太慢道歉,抱歉给她添麻烦了,让她没法继续工作。好像比起看老头们写支票,确保他们不要忘记签名,她还有更重要的事可做。

我问他能不能搬去跟他住一阵子,我看到他回答之前先看了看我的腹部,眼里一闪而过某种冰冷、怪异的情绪,但马上就不见了。我敢说他没法控制自己的情绪,像他那样的信徒,热切地深爱着自己的母教会[1],如此坚定,如此安静、毋须多言的信仰。对他来说,我十四岁以后不再去望弥撒这件事已经够难接受的了;帕特和我在结婚前就有了性行为是一次更难的挑战;他还亲眼看到我们两个一起躺在床上;现在我又和他分居了,一个不是我丈夫的男人还让我怀了孕,我肚子里的这个孩子是一项深重的罪孽的产物,肯定给他造成了我永远都无法真正理解的伤害。可我还是来了,要求他保护我,让我再次睡到童年时曾睡过的床上,等着他告诉我

---

[1] 即一个教区的主要教堂,其他较小的附属教会都由此派生。

一切都好，用他温柔的手抚摸我的脸颊，再亲吻我的额头。

他站着，而我坐着，他搓了搓双手说，好的，亲爱的，你当然可以，你想住多久都行。突然间我又哭了起来，我试着克制自己，可我停不下来，事到如今，他肯定已经厌倦了安抚我，还要说些套话，比如：啊，好啦，亲爱的，别哭啦，都会好的，一切都会顺其自然的。

玛丽·克罗瑟瑞说她认为他们要上路了。我感到体内有什么东西被攥紧，然后松开，之后又被攥紧，我能感到嘴里变得很干，我没法回答她的话。他们要四处流浪，不能坐以待毙，等着弗兰家，或者站在弗兰家一边的其他人来干掉他们，温德鲁姆家，或者多德雷尔家、坎地家、斯托克斯家。你会想念我的，小姐，我敢打包票，她说。我也会想念你的。我们是一样的人，你和我，她说，就像她在我们第二次见面时就说过的，那时她似乎就看透了我内里的灵魂，知道我做出了让自己感到羞愧的事情，知道我和她一样被放逐了。知道我怀孕了，尽管那时还没有明显的迹象。玛丽说她有一种预感。我喜欢听她那样说，那种理所当然的语气；对于那些永远无法看见、掌握或了解的东西毫无保留的接纳。我爱她有时叫我的名字而不是小姐的样子,我听到了布丽迪的声音,现在我很肯定,那就是布丽迪,我以为她或许原谅我了,尽管我不能原谅自己,连想一下都做不到。现在的我不能想象没有了她的生活。

眼下玛丽的日子挺闲的,两个家族间的战事暂时悬而未决,她只要打扫完拖车、做好早餐和午餐就没事了,直到晚饭时间都不用回去。她帮我搬了些东西去我爸爸那里。然后我们开车去利默里克,因为她没法集中精神学习词汇,感觉不一样了,她说,在一幢陌生的房子里,她必须试着习惯这个环境,而且她觉得很愧疚,她说,因为她要让我爸爸离开自己的厨房。我建议我们去买孕妇装,我所有的牛仔裤和裙子都变得太紧了,她一路上都在说话,情绪始终高涨,不停地蹦出话语、提问、笑话和嘲讽,我们在伯德希尔附近超过一辆厢式货车的时候,她冲那辆车做了一个粗鲁的手势,她大笑着说,你要为这个被抓起来了,在公共场合做粗鲁的手势,你会被拍下来的,你要为**你儿的乘客儿的行为儿**负责,不会抓我,到时候我早就走了,远远地嘲笑你。你会想我吗,小姐?会吗?我没有回答。我随她挑衅,免得自己会哭起来。我们混在中午拥挤的车流里进了城,这时她不说话了,过了一会儿又开口道:我就要离开这里去流浪了,小姐,但我会回来的,我敢保证。别丢下我,你肯定不会的,对吗?向我保证你不会丢下我。

我作出了保证,我看向她的时候,她闭上了眼睛,双手紧握着放在膝盖上,她的嘴唇嚅动着,似乎在祈祷。

我们在店里逛的时候,一个保安到处跟着我们。注意你后面那个人,玛丽对我说。我一直在盯着他,就像他以为他在盯着我一样。我还没来得及问她是什么意思,她就从我们正在挑选的孕妇裙柜台前转了过去,大声说道,你爱上我了吗?她耐心地等待着保安的回答,可是那人没有应声。他站在走道里看着她,一脸漠然无聊的样子,夹带着些许嘲讽的意味。你爱上我了吗,帅哥?看你都没法把眼睛从我身上移开?我们发展一下结婚吧,你说呢?再生几个了不起的小保安?

一群胖女人停下来看戏,玛丽看了看她们,又回过头来跟保安说,你要盯的人更多了,好好看着那群老水牛,别等她们在这地方到处乱跑。

那帮女人都气坏了,吃惊不小,其中一个人说,见鬼去吧,你个小婊子,那个保安还是一副没有立足之地的样子,尴尬地往后退,想不出话来平息这个场面,玛丽又嚷嚷起来。

我怎么了?我都没带能往里面放东西的包。你为什么觉得我是贼?我过去在这里没干过什么见不得人的事儿。你过去从没见过我。那个人还是一言不发,就站在那里,拨弄着对讲机顶部的按钮,我无助地站在我的朋友身边,说不出支持她的话,等她转向我说"我就只是跟朋友一起来买东西"的时候,我依旧不置一词,拿着一件降落伞式样的裙子站在那里,我感到自己没来由地脸红了,可我看得出来,玛丽觉得这是我表示尴尬的迹象,她说,你真是好样的,倒觉得尴尬了,想想上次我们在城里你搞出的大动静,她转身朝自动扶梯走去,经过保安身边时推搡了他一下,她的力气大得差点撞翻他,他朝对讲机说了几句,我扔下裙子,穿过走道,朝他冲过去,一把抢过他手里的对讲机,用力丢在地上。我现在很会使这一招了。他咒骂了几句,弯下腰去捡,对讲机摔裂了,但还在噼啪作响,有个声音传了出来,她要出门了,你要我把她拦下来吗?完毕。我站在自动扶梯顶端朝门口大喊,**你他妈碰她试试**,玛丽转过身来,微笑着说,啊,好啦,小姐,我们可真是麻烦精,我们大笑着走了出去,商场的人帮我们拉开门,我们大摇大摆地走到街上,我们两个一起。

我把玛丽先送回去,之后开车回家的路上,我感到腹部抽紧了,传来一阵锐痛。我的心脏怦怦直跳,眼前直冒金星,无数小小的光点不断闪烁,跳跃。我停到一家超市门口的空地上,慢慢地吸气,呼气。我想起了一些事情,一些关于早产宫缩的说法,却想不起具体的内容。我在手机上打了**早产**两个字,输入法自动补全了条目,我点进第一条关联搜索,读了关于布拉克斯顿-希克斯收缩[1]的说明,我又哭又笑起来,抽着鼻子、流着眼泪感谢上帝,帕基·克里斯和他长了一张猫脸的老婆站在超市门口看着我。我挂了倒挡,而不是一挡,几乎没踩油门,开走的时候冲他们抱歉地笑着挥了挥手,后视镜里,我看到他们还在原地盯着我看。

---

[1] 又称迁延宫缩,为偶发性子宫收缩。孕 10 至 14 周起,子宫有无痛性不规则收缩,随着妊娠周数的增加,收缩的频率和幅度也相应增加。

三十二周

他们在夜里毫无预警地来了。两辆面包车的人,其中一个人把枪架在岗哨上,其他人都冲进了克罗瑟瑞家的小聚居地,他们乱砸一气,拿着铁器、弯钩和钢刃敲坏了窗户和门,玛丽的父亲被三四个人从床上拖起来,其中一个袭击者被她爸爸的铁拳打破了头,他们用棍棒把他打趴下了,他瘫软在营地中央,膝盖骨被木棍砸得粉碎,他们把玛丽从她那辆小拖车玫瑰环绕的门里拉出来,毫不留情地踢打她,她的腿、脸和胳膊都被棍子打伤了。妈妈突然拿着一把手枪冲到这伙人中间,她把枪塞在腋下,一枪放倒了门口那个拿枪的家伙,他的武器掉了，滑过地面落进阴影里，他被打穿了，但还没死，她又朝另外一个人开了一枪，那家伙打碎了她丈夫的膝盖骨，又用另一根棍子打了她女儿，那颗子弹击中了那些人脚边的地面，他们纷纷往后退，徒劳地用武器挡住脸，看着这个体态丰满的狂舞者朝他们逼近，玛丽·克罗瑟瑞母亲的叫喊比枪声更响，我的丈夫，我的孩子，你们这帮畜生，畜生，我要把你们都杀掉，那帮人趁她停下来上子弹的时候逃跑了，只有血迹、破碎的玻璃和骨头证明他们曾经来过这里。

爸爸在为我们准备早餐的时候，我听到了电台播报的消息。他总是把电台调在本地新闻的频道，声音开得很响，以免错过任何讣告。嘘，他说，把声音调得更大，示意我听一下。我跑去开车，一路开过朗希尔到了阿什顿路，差点擦碰了一辆警车，一个戴头盔的警察把我拦了下来，他的背心上印着**武装反应分队**，臂弯里扛着一把看起来怪吓人的枪，而他像抱着一个孩子一样环着它，我问他有没有伤亡，玛丽·克罗瑟瑞在哪儿，他说他不知道谁是玛丽·克罗瑟瑞，过去半小时里没有人死掉，受伤的人都被送去利默里克地段医院了，我只能掉头从原路返回：路被封上了。

我在医院大堂里见到了玛丽·克罗瑟瑞的母亲，她的脸通红，坐在桌边抹眼泪，桌上散乱地堆着糖纸和好几个塑料杯，还有一摊摊洒出来的饮料，她的孩子、表亲和族人在她身边围成一个半圆。你来干什么？她说，嗓音粗哑低沉。这是我们家的事，跟别人都没有关系。她龇着牙，孩子们安静下来，看向我，玛格丽特说：她流了很多血。他们把她撕开了。她在重症监护室。在二楼。就那么多了。别的我们什么都不知道。我们的爸爸可能再也不能走路了。他们都哭了起来，妈妈照着她女儿的后脑勺狠狠打了一下，说：对这个人什么也别说。

我让他们继续待在那儿，自己去找我的朋友，玛格丽特挨的那一巴掌反倒坚定了她反抗的决心，因为她赶到电梯口告诉我，她父亲和玛丽都经受了什么，还有夜里她看到的窗外的景象。

他们用陌生人的血填补她流掉的血。我提出要献血，护士问我是不是怀孕了，我说是的，于是她说，抱歉，亲爱的。不过我们还有足够的库存，比目前需要的还多。如果有必要，我们可以抽她妈妈和姐妹的血。血亲总不会出错的。

她的面色苍白得和枕头一样，头发散落的样子几乎带有几分艺术气息,仿佛有人给她摆了一个拍照的姿势,要给杂志封面或者广告用。我想要碰碰她,只为了感受她的温度,确保她不是在滑向死亡,可是他们只允许我站在门口看一眼,只有几秒钟的时间。今天我在重症监护室门口的塑料椅子上坐了好几个小时,妈妈和孩子们不时从我身边成群结队地走过,每次都被一个和蔼的女护士拦下来,于是他们又转身离开,没有人跟我说话,直到深夜,他们离开前最后过来看一眼的时候,妈妈才站到我身边说,谢谢你。我还没来得及应声,她就走开了。

今天,玛丽·克罗瑟瑞死了一次。她的死如同晴朗的天空下起的骤雨,守在她病床边的机器突然发出一阵不间断的尖锐噪音,一群护士和医生冲了进去,然后是一连串清晰冗长的指令。我跪在外面的走廊里,前额抵着冰冷的水泥地,如同一个绝望的乞求者,伸出双手,向着上帝,恳切地哀祷。求求您,我哀求道,求求您,求求您,让她回来吧,让她回来。我听到病房里传出的响动和话音,过去我只在电视上见过类似的动静,我想象着他们试图重新点燃她体内已经衰弱的生命之火时,她瘦小的躯体无助地弹起的样子。

我不知道自己是不是祈祷出了声,但一个白头发的女人突然在我旁边弯下身来,她把手搭在我的背上,呼吸打在我的脸畔。好了,亲爱的,她说,你会伤到自己的,当心你的宝宝,至少过来坐到椅子上。这时,透过蒙眬的泪眼,我才意识到自己把狭窄的走廊堵住了;一个中年男人等在旁边,似笑非笑地站在那里,要把一辆推车从我身边推过去;他穿的是一件亮白的衬衫,肩饰的颜色是葬礼用的黑色。我摇晃着站起来,白发女人稳稳地托住我的手肘,用一条胳膊环住我的腰。我没有回头看重症监护室的门;我想象着里面忙乱的动静,或是医生看着手表、庄严地宣布死亡时间那一刻骇人的寂静。

她把我从玛丽身边带走,引到一个开阔的地方,挂了帘布的小隔间绕着四周排成一圈。她让我坐到一把椅子上,它居然被放在这片区域的正中间,如同一块执拗、冷酷的磐石,护士、护工和来往不断的人流如同潮水一般在我身边分开,都对我视而不见。她在我身前跪下,把手轻轻地搭在我手上。她轻柔的嗓音有一种熟悉的感觉。我试着把注意力集中在她身上。

他们不会离开,你知道吗。他们从来不会真的离开我们。她停顿了一下,像是要等到我的反馈,表示我听懂了。她是你的女儿吗?我摇了摇头。你的妹妹?

不是,我说,她是我朋友。那一刻"朋友"这个词显得毫无力量,它所彰显的意义含混且模糊;那几个音节绵软无力,完全不足以解释玛丽·克罗瑟瑞对我的意义。想着这些事情的时候,我意识到自己此刻的行为正是玛丽曾要求我发誓不会做的:我抛弃了她。我把那只抚慰的手撇到一旁,站起身来,差点撞倒那个善良的女人,我往回跑过混乱的急诊室和匆忙的医务人员,跑过那条狭窄的走廊,回到玛丽躺着的地方,一个护士在门口伸出手,让我停下,我越过她看进去,玛丽的眼睛睁开了,显示器上的心跳标志又回复到了稳定的正弦曲线,发出尖细的提示音。她回来了。

她被救了回来,情况也稳定了。她弱小的心脏,满是淤血和破碎的伤痕,重又燃起了生的火光。她曾经离开了,噢,她本已离开了,可她回来了,从虚空中被拯救回来,我尖叫着感谢上帝时,似乎听见了她的笑声。

三十三周

布丽迪·弗林被埋在凯尔斯坎纳公墓破败教堂前面的墓地里,葬在她的外祖父母之间。她的葬礼过后几周,我父亲说他在商店里遇见了她的母亲。她想知道你能不能去他们家一趟,他说,就是去聊聊。要是能跟你谈谈,看到你在他们家里,可能会给他们一点安慰,过去你跟布丽迪一直那么要好。我害怕得心跳加剧,连视线都变得模糊。在葬礼上,我和那些酷女孩站在一起,甚至没往墓穴里扔土块。她的棺木被运走时,我们穿着校服排在教堂的庭院里,组成一列送葬的仪队,抽泣声中还夹杂着窃笑,那是男孩们想假装成无动于衷的硬汉,那些抽泣的人也都是在逢场作戏,因为那时布丽迪已经没有真正的朋友了。我没法看着她的棺木被抬到灵车上,也没法直视她母亲的双眼;听她父亲念悼词的时候,我的心跳得那么用力,仿佛血管里的血液都变得冰冷,他说到自己可爱的天使已离他远去,然后他停了下来,难以为继,过了一分钟左右,他用手蒙着脸,离开了祭台,他的肩膀剧烈抖动着,几乎跌下了祭台的步踏。

我走过他们家的碎石步道,路两旁的白杨树轻摆摇曳,阳光在石砾上折射出青绿的斑点,最后,我终于鼓起勇气把头抬起来,我看到他们在门口等我。她父亲说了句什么话,可我站得太远了,听不清楚,她母亲抓住他的手臂,咬牙切齿地说,你答应过我的,艾伦,你答应过我的。我朝他们走过去,想着:这是我起码应该承受的。他们让我坐到厨房的桌边,问我要喝咖啡还是茶,或者来点果汁还是水,于是我说,水,谢谢,他们挨着彼此坐在我对面,布丽迪的母亲问:我们的女儿在学校里遇到了什么事?这句话听起来不像是在提问:它像一句引论,一个标题,从我父亲过去看的那些报纸上摘下来的,要是我母亲在他的货车里,或者他习惯坐着抽烟、阅读的小棚屋里看到这种报纸,她会说它们是肮脏的破布。我什么也没说,只是交替看着他们的脸,除了愤怒的表情,没有丝毫对我的怜悯——怎么会有呢?——我感到恐慌,就像个孩子一样放声痛哭起来。噢,上帝啊,布丽迪·弗林的父亲说,转向他的妻子,摆了下手,示意她这不会有什么结果的。

布丽迪跟我说过她不止是把父亲当作亲人去爱,她是真的爱上了他。她恨自己的母亲,因为她把他们分开了。她说开车出去的时候,她偶尔会把手放在他腿上,而他会握住她的手,她父亲会绕很远的路,延长他们在一起的时间,他只在换挡的时候才放开她的手。她说,他们之间无须交谈,因为他们完全能够理解彼此的想法,他骨骼分明的下颌,澄绿的双眼,他是为了她才留的胡碴,因为她说喜欢,她知道母亲讨厌他留胡子,她老是催着他去刮掉,她还会看着他深棕色的鬈发,看着变幻的光线在他脸上和发间投下光影又离开,改换着他的样貌,让他在某些时候显得更英俊,好像他的外貌还有改进的余地似的。

布丽迪跟我说过,她母亲喝醉的时候会表现得对他过分迷恋，当着她的面就要去亲他的嘴，这让她觉得恶心，她为他感到难过，因为她知道他痛恨这样，偶尔她会听到他们在卧室里的动静，她母亲会哭着说，你不再爱我了吗？你爱过我吗？这种时候她就会躺在自己的床上，透过略微敞开的门，凝望着走廊里的黑暗，观望一个从不曾到来的身影。

有什么地方不对劲，布丽迪说，他们中的一个，也可能是他们两个，曾经在哪里做了什么错事，于是这就成了他们的惩罚：他们被迫囿于这样同床异梦的境地，他们忍受折磨，是要洗净过往的罪孽，无论那是什么。

我认真地倾听她说的一切，发誓我永远不会说出去的，我和她一样哭了，分享她所有的悲楚，既造作又真挚，我一句话都不信她的，又深信她的真心实意，我相信布丽迪真的是那样想的，所以她说的就是真的，因为她需要相信那是真的。有时我看着她英俊的父亲，会觉得我在他眼里看到了一丝阴霾，还有一种渴望无法得到满足的异样的忧愁。

那一天还是来了，我选择了别人而不是她，我抛弃了她，奔向了一个没有她的世界，嘲笑她的秘密，还有她青灰色的、布满坑洼的皮肤，我看到那些少年用亮绿色的颜料在手球场的墙面上喷涂布丽迪·弗林干了她老爹,还用修正带把这句话写到学校每个教室的布告板上,而我什么也没说。

我没法告诉她父母这些事。几天后,有人把手球场的涂鸦喷掉了,反正都是在内侧的墙上,我们会躲在里面接吻,抽大麻,没人再去那里打球,那时候村里已经有了一个室内综合体育馆,布丽迪会在午餐时间拿上一把刀片,把教室里的布告牌一块块刮干净。也许就是她用来割自己手臂的同一把刀片。上物理课的时候,她偶尔站在我对面,她会卷起衬衣的袖子,把光裸的前臂搁在实验桌上,那样我就能看到她皮肤上的割痕,她一句话也不跟我说,只是盯着我的脸,而我看着她在自己手臂内侧割出来的切线,一丝不苟地从手腕一直延伸到接近胳膊肘的地方,几乎构成了完美的斜角线,细细的深色痂壳边缘透着青紫,然后她会把袖子放下来,走回到格林小姐的桌边,因为她没有搭档。而我还是没有发声,要求他们都停下,放过她,即使那天我们站在家中的房间里,她站在那里说,求求你,梅洛迪,求求你,她的泪水划过通红、粗糙的脸颊,其中的盐分肯定让她感到刺痛。

然后就到了那一天，布丽迪·弗林的母亲从二楼的窗户向外看，看到她的女儿，盘着双腿一动不动地坐在光秃秃的草地上，在她童年时代的秋千架下面，周身包裹着明黄的火焰。她拿了一塑料桶的汽油，还有一个之宝打火机，在她父母后花园的尽头，浇透了自己，点燃了自己，也烧尽了自己。

三十四周

于是那天我坐在她父母面前，低头看着装水的玻璃杯，克制着自己的眼泪，因为我不配哭泣。我的眼泪惹恼了她父亲，而她母亲一遍遍地问我到底发生了什么，为什么布丽迪和我不再要好了；他们也问过布丽迪好多次，她从来没有告诉他们原因，也没有说过一句我的坏话，她只是说，她有男朋友了，她一直跟他在一起，她男朋友身边的人不喜欢我，他们嫉妒我，或者有别的原因，但这没什么，我有其他朋友，辩论社和其他地方，我没事，我很好，别管我，她会把自己锁进房间里，直到他们收走她的钥匙，于是周末她就整天拉上窗帘，从来不让阳光照到她的脸。他们不是要怪我，她母亲说；布丽迪有病理性抑郁的倾向，他们也知道少女的友谊就是那样起起伏伏的，最微不足道的争吵也可能引发巨大的情绪冲击，会带来一时的世界末日般的感受；他们自己也经历过那些，他们知道那是什么样的。这时我抬起头来，看到她扯出一个笑容，而布丽迪·弗林的父亲那样专注地看着我，我的胃都开始灼痛，剧烈的心跳震荡着我的胸腔，他们两个人看起来那么美，像电影明星，像画片里的人，就连他们的黑眼圈，还有悲悼在他们脸上留下的纹路也很美。布丽迪·弗林的父亲和我之间涌动着某种暗语般的氛围，我无法解释这种气氛，但我大概能够理解；这是某种我难以言明的感受，愤怒中还掺杂了别的情绪，像是接受了某种丑恶的、陌生的真相。

　　回家去吧，亲爱的，布丽迪的母亲说。这对你不公平。你也承受了失去的痛楚。布丽迪总是说，她为你做得不够多，你知道吗，她的意思是你母亲去世的时候。她总觉得自己让你失望了。我想她说得没错，哦，我们所有人都是。我低声回应了几句，类似：当然没有，每个人都很好，每个人都很棒，我为布丽迪感到难过，我非常、非常难过。布丽迪·弗林的母亲站着，我也站着，我们笨拙地相互拥抱了一下，她陪我走到门口，送我出去，布丽迪的父亲什么也没说；他一直坐着，双手交握放在身前，像是一个正在聆听、权衡证据的法官。我沿着他们房前的碎石路走到门口的大路上，我走到了大路的拐角处，那个地方的树会遮住行人的身影，这时我听到背后传来他的喘息声，我还来不及转身，他就推了我一把，我摔倒了。

我倒在地上，翻过身来抬头看他，他的眼睛亮得吓人，像在灼烧，眼白布满扭曲的血丝，之前在他们家里的时候我没注意到，我用手肘撑起身体，他单膝跪地，我无声地尖叫起来，他跨坐在我身上，让我没法往后移动，往哪儿都没法移动，他的身上传来一股咸味，混杂着淡淡的须后水的味道，不太好闻，他单手抓起我的一把头发，另一只手捏住我的脸，用力挤压，我的嘴唇被迫噘了起来，他说话的时候露出了又小又尖的牙齿，他用一种沉静、平缓的语气慢慢地对我说，你个小婊子。我知道你干了什么。你和你那帮下流的贱货。你对这个世界一无所知。可我了解你们的一切。他把我推回到石子路上，起身往回走，把我留在那里。我一路跑回家去，那股咸咸的气味和阴沉的情绪似乎一直追踪着我，那天我在床上躺了好几个小时，我跟父亲说我病了，叫他走开，说他帮不了我，那天晚上我给帕特打了电话，叫他到手球场去跟我见面，我让他做了他想了一整年的事，他一直求我让他做的那件事，他把我抵在冰冷的墙面上，我的裙子被推到腰部，我用力抱住他，回想着布丽迪·弗林父亲眼里灼烧的阴霾。

最近的天气都很晴朗，高温开始让我觉得不舒服。我会一连坐上好几个小时，流着汗，爸爸笑着说我最好还是到外面去，散个步，或者干点别的，要不起码坐到枫树下面的阴凉处去，趁着树荫还在去乘会儿凉。这会儿周遭总有一阵凉风，他说，要不是我们这地方那么容易下雨，就会一直有这样的风了，我们总会被它迷惑，以为季节要突然一跃进入夏天，结果却总是失望。这就是一种表象，他说，但我们应该允许自己被它迷惑。不过他还是去城里买了一台电扇，放在我面前，让我把光脚搁在脚凳上，还给我拿来加冰的健怡可口可乐，冰凉的口感和咖啡因让宝宝扭动着踢了几下。

上周，他每天都开车送我到利默里克去看玛丽·克罗瑟瑞,每天她都在以肉眼可见的速度好起来。她身上最深的一道口子是在左肩下面,医生要把肌肉组织切开再缝合,那地方的酸痛最明显,她说。她的脸、胳膊和腿上都有缝线,好像丑陋的爬行生物,她的右颊上还有一块玫瑰状的黑紫色淤青,我不假思索地亲了一下那里,而她瑟缩了一下。但现在她身上散发着一种平和的、近似愉悦的气场,她变得前所未有的美,尽管她身上的淤青和伤口还没愈合。她的头发松散地垂在脸侧,脸色苍白得像在发光,柔和的日光透过高窗盘踞在她周身,有人在窗口放了一尊玛利亚的雕像,它俯视着她,仿似在看着一个无翼的天使,纤细而脆弱,靠在病床上,用几个枕头支撑着自己。她对我说:我看到了天堂,小姐,我再也不害怕死亡了。

那个姑娘不能再回宿营地去了,今天我们从利默里克开车回家的路上爸爸说。我们在医院门口见到了玛丽的母亲,她气势汹汹地冲到我面前,问我是整天都没事可做吗,可以一天到晚来医院,而她丈夫可能再也站不起来了,却压根儿没人为他担心,只知道盯着**那个人**看!我到底为什么那么担心?我父亲走过来挡在我们中间,看到他以后,克罗瑟瑞妈妈的态度软和了一点儿,她手里的烟戳向一块**医院内不得抽烟**的牌子，说道，祝你日安，先生，我不认识你，我为在你面前发作道歉，但现在我的家族过得很艰难，你可能知道了，我们要面对的都是敌人和硬心肠的人，他们眼睛都不眨一下就会伤害我们，这就是已经发生的事情，我们分不清敌人和朋友。那帮男孩子一点用也没有，她大声说道，指了指那帮锅盖头的哨兵，他们还算不上男人，勉强展现出一丝成年男性的气概，他们站在那里放哨，担心弗兰家的人，或者那帮跟他们一伙、发动那次夜袭的人，还会回来把一个克罗瑟瑞家的人，或者克罗瑟瑞家的一个亲戚，一路拉进天堂或地狱。守在外面的那些人更糟，妈妈又擦着眼泪说，她的胳膊伸出去指向停在医院大门边的警车，他们看着来来往往的人，间或不安地瞟一眼那几个戳在医院门口的哨兵，他们拖着脚走来走去，个个面带愧色。

那帮人之间不讲法律，只有他们自己的规矩，爸爸一边开车一边说。那样的事情一旦开了头就没完了，一桩错事接着另一桩，名义上是为了公平正义，其实只有他们自己知道起头的原因。他看了看我，他的脸色苍白，用力握着变速杆。一旦事情发展成斗殴、荣誉、世仇，还有其他要命的玩意儿，他们之间就没有道理可讲了。这些年我认识了很多流浪汉。以前我在县里的工程队，我们经常在路边见到这帮人。大多数人一贯都很体面。可是他们会把一切都扫空，不管不顾，什么都不理会。我们在干重要的活儿，他们老是在旁边打转，就像秃鹫围着垂死的动物，打量我们的机器、柴油罐、拖车、一捆捆电线和其他设备。我们有时会跟他们聊聊天，慢慢了解了他们看待世界的方式。他们在谈话里透露的小细节。在某些特定的事情上，他们的态度很坚决。爸爸放低了声音。这么说吧。你可以整天对一个游民发火。你可以锯掉他的手臂。他还是会一直黏着你，直到你们当中有人死掉。

我找不到话来回答他，也没有力气跟他争论，我想起了马丁·托比大声朗读苏斯博士时柔和的声线，他抬头看我时的双眼，他问我有没有吃过绿鸡蛋和火腿[1]，到底有没有这样的东西。我想起马丁·托比亲吻我时嘴唇的温度，还有我在做了那么多错事以后，又对那个男孩犯下的可怕的错误。

---

[1] 出自《绿鸡蛋和火腿》，苏斯博士创作的一本只有五十个单词的故事，主题是要不要尝试新食物。

不过我还是说对了事情发生的方式。一阵突如其来的情绪的爆发，汹涌席卷，完全不受控制，也无法控制，如同一头被黄蜂蜇了的獒犬，一头狂奔乱跳的小马驹，一座奔溃的堤坝，或者一次闪电罢工，那是一种盲目、静默的意愿，只能任由它自行生发，直至终结。那天的马丁·托比别无选择，只能把嘴压在我的唇上，用他布满硬茧的手抚摸我的身体，而我只能躺下，声称这是一次突发事件，一种可怕的、暂时的软弱，放弃了自我的主张。而事实上这是我计划好的，是我想要的，我很清楚自己在做什么，我放任了自己，忽视了脑海里尖厉哀求的声音，它对我说，梅洛迪，梅洛迪，你他妈的在干什么？你他妈的为什么要勾引这个男孩？等他完事后说爱我，发誓要为我杀人，最终离开以后，我平躺在床上，抬起双腿，把脚抵在墙上，那样就一滴也不会浪费了，可以给我最大的受孕几率。想想看吧，我就是那样做了，就算你拿枪顶着我的头，逼问我原因，我也无法给出答案。

三十五周

我的体重突然开始猛长,整个人都膨胀,绷紧,仿佛被什么东西塞满了。爸爸早晨给我吃香肠、火腿片、炒鸡蛋和涂了厚厚一层黄油的白吐司,还有加糖和奶油的咖啡,晚餐则是猪排、牛排、烤出脆皮的鸡肉,再包上培根,配上小土豆、调味汁和蔬菜泥做的咸味黄油饼,整天他都在喂我三明治小点心,切成小块,塞满了诱人的美味食材,还有用料丰富的水果蛋糕。玛丽·克罗瑟瑞瞪大了眼睛看着我,像麻雀一样小口啄食着说,上帝保佑我们,小姐。你快跟房子一样大了。宝宝还没出来你就要把整个爱尔兰都吃光了。

她的宣言让我父亲哈哈大笑,他说,玛丽,你太逗了。

今天,我站在厨房的水池前,看着窗外。爸爸在花园尽头枫树和接骨木树莓交汇的地方面朝树篱站着,他打着手势,用双手摆出小小的图案。他像是在自言自语,又像是对躲在绿植里的什么人说话,但之后我看到了玛丽,她坐在他身后的长椅上,被最后一排苹果树半掩住了。这些树把花园一分为二。她面朝后坐着,在他讲话的时候看着他,一条腿压在身下,下巴抵着交叠的双臂压在椅背上。她好像时不时地在笑,或者赞叹地摇摇头。我知道爸爸是在给她讲灌木树篱里的野生动物,或者花草植物之类的东西,我想象了一下,处在玛丽的位置上我肯定觉得既无聊又不耐烦,希望他别说了。我感到一阵突如其来的疼痛,一股悔恨之意灼痛了我。接着他们都不说话了,玛丽把下巴从胳膊上抬起来,他们看着枫树干旁边的一个地方,一动不动,过了好一阵子,大概一分钟吧,我父亲慢慢地转向她,脸上挂着笑容,玛丽用一只手掩住嘴,双眼瞪得老大。

他们沿着平缓的斜坡一路走回屋子,在彼此的陪伴下，他们看起来那么轻松自在，我甚至希望她会挽起他的手臂，可我知道她永远不会那样：那不是她会做的事。我很确信这一点，可我不知道自己为什么就能这样肯定。他们走进厨房，鞋子上粘着新割下来的草，我嘲笑了他们，爸爸翻了个白眼，又叹了口气，假装不满地摇摇头，玛丽被他的小动作逗笑了，踮起脚尖，把脚从跑鞋里抽出来,她站在那里，穿着她的水洗牛仔裤和粉色帽衫，露出来的脚指甲涂成了红色，爸爸站在她后面说，啊，天哪，啊，天哪，我们好好看了看蜜蜂，是吧？玛丽？玛丽的眼睛亮闪闪的，满溢着兴奋，想要把她刚刚学到的东西讲给我听，看看我是不是知道她现在已经掌握了的神奇的知识。天空，土地，割过的青草，鸟儿的啾鸣，昆虫的低嗡，在我父亲欢乐的面庞上掠过的光线，玛丽·克罗瑟瑞眼里闪动的讶异，早晨空气的味道，我体内生命的重量，一切都显得那么平和，舒缓，无牵无挂，完美无瑕，一切都步上了正轨，这一刻，所有的缺憾似已弥平。

蜂舞的样子，玛丽·克罗瑟瑞说，主啊，要不是我亲眼看到了，我怎么都不会相信的。你父亲带我去看的，它们就在半空中跳起舞来，告诉伙伴们去哪里能找到花粉。它们舞动着小短腿，转着圈，踢腿和甩腿的样子就像人们在跳爱尔兰舞，或者芭蕾和别的什么舞，它们小小的身体在空中蹦跳扭动着，朋友们围绕着它们停在空中，那叫什么来着，啊，**盘旋**，看着它们的动作，就那样用跳舞来给其他蜜蜂作指示，有花粉的地方可能在几英里开外，它能告诉同伴那些花在什么地方，确切到英寸，还有花里有多少花粉，那块地方都是什么样的花，所有的信息，舞一跳完，围在旁边看的蜜蜂就都飞走了，跳舞的蜜蜂会休息一会儿再飞走，去找别的有花粉在等待的地方。

玛丽坐下来，给爸爸倒了一口茶，问他够不够浓，他说可以了，于是她继续把他的杯子注满。然后她给我和自己倒了茶，她又摇了摇头，压低声音问我，我父亲是不是在拿她开玩笑。真的是那样吗？我跟她说是的，我之前听他说过，爸爸笑着说，主，要是我那么擅长编造，我就是个有钱人了。

好吧，那关于大黄蜂的那个说法呢？玛丽问道，爸爸做出一副假装被冒犯到的表情，玛丽说他告诉她没人知道大黄蜂是怎么飞起来的；没人了解它们笨重的身体是怎么离开地面的。它们的翅膀太小了，令人遗憾，不足以把全身的重量都托到空中；它们飞起来的样子是，是什么来着？

爸爸接了下去：一个科学上的奇迹。

噢，是啊。想想看。一个科学上的奇迹。那不是向你证明了点什么吗，对不对？我们两个都看着玛丽·克罗瑟瑞，她透过那一团纤薄的蒸汽微笑着，周身笼罩着一种静谧的气息，像是为自己掌握了一个神秘的知识点感到满意和愉快，她说：那不是向你展现了上帝的能量吗？

爸爸说，确实，当然是了，我微笑着说，你们俩可真是一对，玛丽·克罗瑟瑞大笑起来，在早晨的阳光下，她脸颊上深色的伤疤看起来不再那么死气沉沉了。

今天，玛丽的父母，她的几个妹妹和弟弟，还有他们在阿什顿路宿营点的所有亲戚都到爸爸家来了。他们把车停在前院墙外的草坪旁边，一辆全顺面包车，后面拖着一栋移动房屋，然后是另一辆小汽车和一辆拖车，之后又是一辆连着拖车的小汽车，还有更多的面包车、汽车和拖车沿着路边一字排开，停在其他人的房子外面,也停在科莫福德家、布莱恩科特家、格里森家的农场外面,我都能想象邻居们的恐慌,看到这些游民在他们家门口摆开天启般的阵势。

玛丽·克罗瑟瑞的母亲独自走进我父亲的院门,沿着碎石路一直走进来,他和我还有玛丽一起过去迎接她。她在一丛黄玫瑰边停下,我们也站住了,玛丽受伤的父亲坐在面包车的副驾驶位上,邋遢不堪,黑眼圈很重,情绪低沉,妈妈在距离我们一臂开外的地方沉默着站了很久,面无表情地看着我们,她光裸的双臂垂在身侧,结实的肉体被阳光晒红了,一头黄发紧紧地盘在头顶。

你想过要把这里铺成水泥地吗,先生?她指了指脚下的地面,我父亲说没想过,他宁肯找时间铺上碎石子。起码不会被太阳晒化。妈妈对他说石子路面一文不值,她丈夫和他的人能铺那么厚的水泥,她把拇指和食指张开到极限,来展示她的家族水泥产品的质量。找一天吧,拜托了,我们会帮你在那里铺上水泥,表示感谢。不过那不是我来的原因,她说,她看向玛丽,她沉默地站在我身旁,她说,到我这儿来,女儿,玛丽朝她走过去,妈妈张开双臂拥住她,把她搂向自己宽阔的胸膛。玛丽伸手环住她母亲的腰,她们就那样脸贴脸站着拥抱了片刻。

我们站在原地看着这一幕,玛丽的亲友和族人也从停在路上的拖车里看着,他们让引擎空转着,排气管往干净的空气里吐出蓝色的烟雾,过了好久,妈妈才把玛丽从她身上拉开,她的手还握着她的上臂,她说,我们只能把你留在这里,我们自己要离开去爱尔兰北边,那样我们才能远离他们的威胁,才有能力反击。一旦事情安排好了,你父亲和你叔叔们就会回来,两个男人会公平决斗,只有两个男人,上帝会帮忙平息所有怒火。发生在你身上的事情让我很难过,女儿,我希望你能原谅我对你态度不好,下次我们再见面,一切问题都该解决了。

玛丽·克罗瑟瑞的母亲从自己脖子上的好几条项链里扯下一条细金链子,上面缀着一个十字架,她把项链挂到玛丽脖子上,帮她扣紧,十字架安稳地嵌进玛丽锁骨间的凹陷处,她肃穆地用手指触碰了一下,说,噢,妈妈。不用说原谅的话。我和你之间不需要,永远都不。玛丽·克罗瑟瑞站在那里,低着头,一只手按在心口,一只手挡在眼睛上,她母亲绕过她,走到我们站的地方，爸爸和我，她感谢我父亲给她女儿提供的避难所和安身之处，她和他握了手，她也握了我的手，但一直没和我对视，她往回经过玛丽身边时，把一只信封塞到玛丽手里说，孩子，你要把那个给那个人。因为他留下了你。

我父亲还来不及抗议她就离开了，她摇晃着身子回到驾驶位上，坐到她衰弱的丈夫身边，她已经送来了对玛丽最后的惩罚——她的离开，那些车子慢慢开走了，不到十秒又停下，从一辆车的后座下来两个身影，一个小个子，另一个也大不了多少，她们沿着绿化带往回跑，跑进我们的院门，是玛格丽特和布丽吉特，她们都穿着拖鞋，还有相配的、布料很少的牛仔短裤，几乎光着两条腿，上身都是亮白色的露脐装，手镯和戒指叮当作响，她们都张开双臂拥抱了大姐姐，三人哭成一团。有人鸣笛，她们从原路跑回去，玛丽·克罗瑟瑞的家族喧嚷着离开了，离开了她，留下尘土和尾气的薄霾。

三十六周

如今太阳固守着阵地,坚决不让位给雨水。每个清晨的雾霭总会在午间散去,土地都被烤焦,开裂,草叶都晒得棕黄,萎靡不振,暂时失去了活力。农夫肯定都在祈求雨水,爸爸说,他在用水管缓解花圃的干渴,一边警惕着窥伺的眼神,因为这违反了移动水管禁令[1]。需要再修剪一次,不过也不会长出什么来的。玛丽·克罗瑟瑞沉默地和我一起坐在院子里,固定在野餐桌上的大遮阳伞为我们投下几分阴凉。她抚摸着脖颈间的十字

---

[1] 由于缺水,禁止私人使用水管给花园浇水或洗车的禁令。

架，用脚尖轻踢石板上的灰尘，挥赶着苍蝇，嘴里嘶嘶地咒骂着。她一遍遍地问我是不是还好，要不要什么东西，前几天她这么问我的时候，我不耐烦地回嘴说我很好，我很好，别管我，行吗？直到这些话冲口而出，我才意识到自己是在发火，而她说，滚开吧，你这头母牛，她的眼里涌出了泪水，我试着把它当作一个玩笑，而她说，这么热的天，天使也会发脾气的，我说，我不是天使，那是肯定的。她看着我说，你是的，小姐，那就是你。你和你父亲。两个拯救了我的天使。

玛丽·克罗瑟瑞又有了一部手机，她发短信的时候会叫我帮忙。我不知道她在给谁发短信。我猜是玛格丽特和布丽吉特吧，或者其他表亲。现在她的联系禁令已经取消了，她的罪过也被鲜血抹除。拼一下"蛋蛋"，小姐。旦—旦。对吗？打不出来，输入法一直要改。这手机管得可真多。她俯身拿着手机，两根大拇指在屏幕上点动，光线映亮了她的双眼。玛丽·克罗瑟瑞管我爸爸叫"先生"。你能别叫我"先生"了吗？他说。而她说，噢，对，我忘了，抱歉，先生，抱歉。然后他们都笑了。

游民才是真正的爱尔兰人，我爸爸在某天吃午餐时说。你们从不跟维京人、英格兰人、诺曼人或别的什么人混血。你们都是战士、族长和国王。你们是从塔拉丘[1]来的。你们是爱尔兰的皇族。

谁是？玛丽·克罗瑟瑞说。

游民，很久以前，我父亲说。你们统治过爱尔兰，曾经是战士，你们打击过所有入侵者，那些朝我们挥剑的人，后来你们失去了所有的权力和影响力，被打发上路，之后再也没停下过。就跟欧洲其他地方的吉卜赛人一样，人家管他们叫"吉卜赛"，因为他们过去是埃及的统治者，甚至比法老还要早，他们太厉害了，所以被派出去征服其他国家，结果在每一个国家都失败了，于是他们不停地移动，寻找可以征服的地方，最后他们永远也停不下来。

我一直知道，玛丽·克罗瑟瑞说。所以那些乡民老是躲着我们。他们害怕我们又会变成统治者。

你们为什么叫不是游民的人"乡民"？我问她。

我也不知道，下地狱吧[2]，她说，把十字架举到唇

---

[1] 塔拉丘（Hill of Tara），爱尔兰古迹之一，曾经是爱尔兰的首都，是爱尔兰精神和历史的中心。超过一百位爱尔兰的国王埋葬在塔拉丘。
[2] 原文为 in the Hell，口语中表示不耐烦和生气。

边，因为刚才提到了这个污秽之地，她要抹除自己的唇舌说出这个称呼的罪过，以免自己落得被它钳制。

今天帕特把车开进了爸爸的院子。他在大门和房子中间的地方撞见了我和玛丽，我们正要走出去找科莫福特的马，看它有没有把鼻子伸到他们家大门的栏杆外面。玛丽给它准备了一袋坑坑洼洼的苹果，还没熟透，是从我爸爸的苹果树上摘下来的。拧下来，爸爸在她摘苹果的时候说，那样它们明年还会再长出来。

我是拧下来的，先生，我一直是那样摘苹果的。

爸爸说，好姑娘，好姑娘，转而继续去除草，嘴里吹着口哨，动作灵活，他的帽舌抬得高高的，兴高采烈地朝向天空。他看起来起码年轻了两岁，他的四肢和关节都像得到了解放。他说是阳光和适度锻炼的作用。

爸爸家的房子是面朝南建的，所以帕特像是从太阳里跑了出来。我眯起眼看他，还没等我认出他，他就在我们身旁停下了。他坐在车里，抬头看着我们，引擎轻声嗡鸣着，仿佛一个年轻的赛车手，他把胳膊肘撑在车窗上，另一只手放松地搭在方向盘上。要不是他头上的秃斑和皱纹，你会以为他又回到了十八岁；那时他会把他母亲的车偷开出来，借用一个小时，载着我们到瞭望角，或者就在学校后面那条路边的临时停车点亲热一番。嗨，他说，看了一眼我隆起的腹部，又上下打量了一番玛丽·克罗瑟瑞。

嗨，我也打了个招呼，玛丽·克罗瑟瑞从帕特的车边往后退了一步，躲到我身后，就像一个看到陌生人会害羞的孩子。

我不会咬你的，帕特说。

你不会想咬我的，玛丽·克罗瑟瑞说得很轻，近似耳语，我会打得你满地找牙。

帕特的脸色沉了下来，他说，这算怎么回事？

玛丽·克罗瑟瑞在我身后说，不算什么，先生。

帕特问我要不要去兜风，我说不了。

玛丽·克罗瑟瑞一边往大门走去一边说，我把你留在这里啦，小姐。我过去跟马打个招呼。要是你尖叫的话，我能听见的。

帕特看着后视镜里她走远的背影，撇了下嘴说，她可真够呛的，不是吗？然后他抬起头看着我说，上来吧，求你了，梅尔。

他已经很久没这么叫过我了。他已经很久没有把车开进过我父亲的院子里。我已经很久不想跟他出去,让他把嘴唇贴在我的皮肤上,抓起我的手按在他胸口,让我感受他剧烈的心跳,听他说你能感到它的跳动吗,梅尔?你感觉到了吗?那就是你对我做的事。你让我的心快要跳出来了。那是在很久以前,那时一切尚未开始溃烂,伤痕和裂口尚未布满我们的生活,漫长、恐怖而野蛮的消耗战尚未打响,我也尚未用快乐的消息投下终结一切的中子弹。

上来吧,梅尔,求你了,帕特又说了一遍。突然我就走向了副驾驶的那一侧,他用大拇指戳着方向盘,他俯下身微笑着,一边掉头一边维持身体的平衡,他脸上的表情透着几分淘气,过去我总会为这副模样心软,因而我不得不提醒自己要坚定信念,不要被他牵着走,不要被我们之间的热力所融化,不要粉饰太平。那是我永远不会做的事。

见鬼,你可真够胖的。他在我坐进车里,准备掉头开到大路上去时说。

滚蛋,我说。他大笑起来。前方的路边卷起一团灰尘,好像晴朗的天气里刮起的一道小旋风,我们从玛丽·克罗瑟瑞身边开过的时候,她扭过头来对上了我的视线,我看不懂她脸上的表情,帕特和我沿着大路开走了。

车内的垫子上放着一个压扁的开心乐园餐的纸盒,还有一辆小巧玩具车和一根咬过的吸管,我问帕特是哪个孩子坐过他的车,他说是他侄子,菲德尔玛的小家伙;他们几周前从加拿大回来了。我带他到基尔马斯图拉去了,他说,让他跟叔叔体会下手动操作储备饲料的乐趣,他和我一起坐在拖拉机里,主,他可喜欢了。他就是那么讨人喜欢,小家伙。他们已经回去了。下次我再见到他,他就该是个大小伙了,我敢打赌。我可能再也看不到还是个小孩的他了,想想看吧。也许只有通过Skype。可你没法通过Skype去拉饲料啊,那是肯定的。帕特戴上了太阳眼镜,想要对我掩饰他眼里的泪光。

而我只能对他说,噢,帕特,可就连这两个词我也没能说出口。

我们沉默地开了一英里左右,然后他说,菲德尔玛本来要去见你的,但妈妈对她说绝对不能去接近你。那个人是毒药,她说,这个家里的人再也不能跟她有联系。那句话让我有点恐慌,梅尔。我害怕事情真的会变成那样。

瞭望角狭长的停车场的另一端还有一辆车，斜停在路边。我们下方是平静的银蓝色湖面，克莱尔山距离我们似乎只有一臂之遥。摩托艇的尾流在湖面上延展开去，如同闪耀金属面上的刮痕。帕特在半当中停下，拉手刹的时候轻轻推了我一下。看下面那两个人，他说。那辆科雷傲里的。你记得多奈尔家的那个姑娘吗？几年前在利默里克路死掉的那个？那辆车里的人是她母亲，开车的男孩就是当时开车撞她女儿的那个。那家伙肯定以为把车停得那样歪七扭八就不会有人看见他们了。可惜啊。他去服了刑，还有别的惩罚。耶稣，他还是个很棒的投手呢。太丢人了。他们一直开车到处转。这地方的人都知道他们有一腿。他开车到巴利纳克劳夫十字去接她。我猜他们自以为保密工作做得很好，实际上所有人都知道了。她家里还有个丈夫呢，他又是那个杀了她女儿的人。想想看。不过，人人都说那个丈夫酗酒很凶。帕特摇了摇头，一副挑剔又无可奈何的样子，他深吸了口气，笑着看向我说，啊，当然啦。那又怎样呢？各人有各人的活法。我们反正也没法挑剔别人了，我和你都一样。不是吗？这时我真切地感到了这一幕的滑稽之处：我和帕特一起坐在一辆车里，在瞭望角，这是年轻人来亲热的地方，也是过去我们来亲热的地方，年轻的车手到这里来，在柏油路上留下橡胶轮胎的圈痕，游客在这里停留一阵，眺望苍翠的远山和湛蓝的湖水，但他们更经常看到的是迷蒙的雨雾背后鬼影憧憧的巨大轮廓，那片永无定形的灰影。

我差点就让他吻我了，你能想象吗。更糟的是，在我们去兜风以后的几天，我感到体内升腾起一种难以遏制的遗憾，因为我没让他吻我。我们不能暂停吗？他说，让一切从零开始？我们不能把账扯平，关掉，全部丢开，再统统忘掉吗？嘿。我骗了你，去找妓女。你骗了我，从网上找了个混账。你出了纰漏，也行。我会再去做一次手术，我们再坚持试一试。一个小弟弟或者小妹妹，给……他找不到话来形容我体内的这个孩子，没法给这个陌生的生命起名。他们现在有很大进步了，你知道吗。那个人在我去诊所的时候跟我说的。我是私底下去的，所以他什么都说了。那是个阿拉伯人，当然啦。我敢说他每多说一句话都多收了我钱。他们现在用激光了，微创之类的东西。他们可以把之前做的东西都取消掉，跟他们做的时候一样快。下星期我就可以再发射实弹了。耶稣,你的奶头变得真大。

他把手臂伸过来,我以为他要来抓我的胸,我用力打掉他的手,说,耶稣啊,帕特。他看起来一副受伤的样子,说,不是的,天哪,梅洛迪,我只是想把手在**那里**放一会儿。他看着我的肚子,慢慢地把手放到上面,轻轻地搭着,他手心的暖意缓缓渗透我的皮肤,触及我和宝宝。我只想知道那是什么感觉,帕特低语道,他坐在那里,看向克莱尔山,我也看着那边,我们沉默了一会儿,这些年来所有的伤痛似乎都在此刻隐去,好像从未发生过,如同一个无法触及的梦境,随着清醒的时刻渐次消失。一阵夏日微风吹过山体的陡坡,吹皱了湖面,与日光共舞片刻,然后飘远了。

帕特开车送我回去的路上说,想想看我母亲脸上的表情,要是我和你一起回去。有可能就是她把砖头砸进你家窗户里的。嘿,我们顺路到村子那头去一下怎么样?做做样子?让所有人都知道我们挺好的?让那些嚼舌根的管好自己的嘴巴?

而我说,不了。他说那行吧。他把车在爸爸家的外墙边停下。我不开进去了,他说。我不明白自己怎么会过了那么久才看出来,但这时我看出来了,也许是因为草坪上伫立的柳树投下的阴影让太阳照不到我们,我发现他的瞳孔微微放大,虹膜里的光线有点吓人,眼白泛黄,边缘布满了红血丝。我说,帕特,你在嗑药吗?他一言不发地看着我,然后他像是要张嘴回答,我知道他要撒谎了,接着他似乎想明白了说谎不好,于是他闭上嘴,把视线从我身上移开,他又沉默了一会儿,然后轻轻地说:那个医生给我的药片。让我能稍微镇定下来。我已经有好长一段时间睡不着觉,也吃不下东西。有天我拿了爸爸的枪,沿着河道一路走到巴里阿特尔去,我忘了时间,后来他们发现枪不见了,我也不见了,他们吓坏了,我父亲一路跑过来,在斯达克巷尽头的河湾旁找到了我,他差点缓不过气来。我把枪上了膛,可我不过是想打打野鸭,就那样,而我父亲从我手里夺走了枪,他把子弹都倒了出来,全丢进了河里,他哭着说,上帝啊,孩子,上帝啊,孩子,没有女人值得你那样做。看到他那么伤心,倒弄得我措手不及了,于是我去看了医生,其实是为了安抚他。为了安抚他们所有人。那样他们就不会不停地担心我,他妈的一刻不停。

我想到了帕迪和那个信封里的钱,还有他对我的流放计划。在极端情况下,所有的父亲都是如此相似,所有的父母。为了让自己的孩子免遭痛苦,他们什么都做得出来。

我父亲在门口等我,他说,怎么样?那个男孩还好吗?那个男孩,他一直是这么称呼帕特的。我都要忘了。他好多年没这么叫过他了。我知道他过去一直都很喜欢帕特;他从来不会掩饰对帕特的喜爱。他们经常一起站在学校的墙边看曲棍球场上的比赛。爸爸会说,花五镑去看未成年人的比赛,我才不会让他们得逞,帕特会表示同意。回到家里,他们的眼睛都看不清了,因为站在远处眯着眼睛看了太久;他们还经常被露天的太阳晒伤,而他们明明可以坐到阴凉的看台上。他们一起走过克劳夫乔丹的沼泽地,把草皮铲下来用袋子装好,用借来的拖车拉回来,然后我们两家均分。他们在曲棍球、汽车和政治方面的观点都很一致,哪个家伙屁用没有,哪个家伙会是我们的救世主,有时候很难分清他们到底在谈什么,但他们在一起总是显得很放松,总是能够毫无障碍地对话。帕特是那种在男人当中很受欢迎的男人,我父亲也是。

他很好，爸爸，我说。不用担心他。

他父母呢？还有那个姑娘，菲德尔玛？她有孩子了吗？有过吗？

我说她有孩子了，一个小男孩，记得吗？他出生后不久他们就去加拿大了？

爸爸盯着天花板，像是要从那一片苍白里找到某条引向这些回忆的线索。然后他说，哦，对，当然啦，我想起来了。她在那边过得怎么样啊？

这时我的火气突然噌的一下上来了，毫无征兆，我自己也没想到会变成这样，我大喊道，耶稣基督，爸爸，见鬼去吧，我他妈的怎么会知道她过得怎么样啊？你觉得她会打狗日的电话告诉我吗？还是她会写信给我什么的？那家人觉得我是坨屎，爸爸，他们一直那样看我。我气急败坏地站在那里，用力呼吸，等着自己冷静下来。

我父亲把眼镜拿下来，用袖子擦了擦，说，我就是问问，随口一问。放轻松点，亲爱的，别生气。请别生气了，好啦。过来坐下，我去给你弄点吃的。

三十七周

最近几天,玛丽·克罗瑟瑞对我的态度都阴阳怪气的。吃饭时她不像往常那样坐在我对面,而是坐到桌子的另一头,和我爸爸面对面,尽可能地远离我。她避免跟我对视。甚至在我们复习识字卡片和那一堆苏斯博士的时候,她也一次都没笑过,只是机械地朗读,态度也不大友好。如果她不认识某个词,就沉默地低着头;她不会像过去那样大笑或翻个白眼,她只是噘着嘴,阴沉地盯着书页。今天我感到自己的耐心都被耗尽了。我试着克制自己的怒气,表现得和平时一样。玛丽,亲爱的,我说,你为什么跟我生气呀?

我没有生气，小姐。一点也没有。

那你为什么不跟我说话呢？

我这会儿不就在说吗？你还想要我说什么？

我想知道发生了什么事，让你对我这么生气。

那天你们从我身边开走的样子，她说，咬着自己的下唇，我感到胸腔深处涌起一阵隐痛，我的胃都好像要烧起来了。跟你丈夫在一起。就像我不在那里似的。就像我是一个陌生人。可我是这世上最没资格生气的人了。你还是那个人的太太，他还是有他的权利。我就是从没想过你会这样快地离开我。我们是要走去看那匹马的，那天天气那么好，我那么开心，而**他**一出现你就离开我，他从我旁边开过去，我看到他脸上的表情，是做给我看的，你脸上的表情也好不到哪儿去。我哭了起来，看到我的泪水，玛丽紧紧地闭上双眼，用手掩住嘴，她伸出另一只手，捏了下我的手腕，她的声音从手后面传出来：噢，小姐，我不知道自己怎么了。我怎么会这么坏。你一直都对我那么好。我就是太嫉妒了，看到你和你丈夫一起开车去兜风。要是从那扇门里开进来的是布奇，要是他来带我走，想把我哄回去，我什么都愿意做。

今天天气变了。大风呼号,闪电划破天际,因为有一股低压峰从海上扑来,好像一支野蛮的部落,冲到这里来把暴虐的统治者甩到半空。爸爸、玛丽和我紧挨着彼此,站在平台的门口,眺望远处的天空,仿佛第一次看到北极光的人,又像是不习惯雨天的人。空气里弥漫着一股很重的金属味,泥土的颜色也变深了,被大雨打成烂泥,花朵蜷缩在花圃里,树枝在劲风中摇摆,仿佛在庆祝。玛丽·克罗瑟瑞大声数着闪电和雷鸣之间隔了多少秒,每次雷鸣过后她都表现得非常兴奋。她把手从门廊里伸出去,感受豆大的雨滴。世界好像都要被冲走了,她说。

这会儿雨已经停了,雨云也在不动声色地朝天际退却。这天晚上,我坐在吸饱了雨水的花园里,身体在黏湿的空气里冒着汗,玛丽问我是不是依然觉得帕特在某些方面是好看的。我说我从来不觉得他不好看,只是我们纠缠的时间太久了,导致我们不再把彼此当成独立的人来看,所以我们挑剔彼此,就跟挑剔自己一样:在我对自己尤其不满意的时候,我会说我恨他;我会为了一些事情责怪他,而那其实不是他的错。

什么样的事情？玛丽·克罗瑟瑞想知道。

各种各样的吧，我对她说。裂开的玻璃。晚来的出租车。下雨天。死掉的孩子。

她说，噢，主，小姐，你可真够让他难过的。

我说，是啊，他也没让我好过。

玛丽说，游民女孩结婚都很早，就像一条规矩。不过，大多数人的口风都很紧。我看到女人被到处推搡，被打得浑身青紫。可我又看到更多女孩和女人为她们的男人疯狂，对待他们像上帝一样。有次我看到一个女人，她的男人出车祸死了，她躺在他的坟头，七八个人花了好几个小时才把她移走。但她还是每天到那里去，躺在坟堆旁边的地上，我知道她还在那样做。她是布奇家的一个姻亲。那时候他对她真的很好。不停地帮她。布奇总是见不得人受苦。

他的家人差点杀了你，玛丽，我说。她猛地把头扭开，好像受到了冒犯，似乎这个真相对她是一种侮辱。

他跟这件事一点关系也没有。布奇知道我做了必须要做的事情。布奇了解我。那跟其他事情都没有关系。铺柏油路和造屋顶的那些事情。男人们就爱打架。我不过是他们打架的借口罢了。别看表面，布奇的心很软。

什么表面？我问她。

这么说吧。所有男人都要装出来的那副样子。像孔雀一样招摇过市。

昨天我又去了一趟宝尊堂医院，一个人去的。那会儿爸爸去望弥撒，玛丽预约了要去做理疗。我把她送到诊所，问她能不能自己走回家。浅灰的天空蒙着些许怏怏的黄色，像是要放晴了，但微风中还是掺杂着几分潮湿。人们都怕我，她说，这是事实。街上的人都不敢碰我。我们的敌人都跑得远远的。我的身心都能感知到。别忘了，我是有预感的。她冲我笑了笑，把兜帽拉上来盖住头。其实我想到的不是暴力，只是雨水。

接待我的还是上次那个护士，她的微笑显得更温暖了，我的感觉是那样。也许是因为我的块头，就要接近终点，或者是起点。可我没作好迎接起点的准备，我能预见的只有终点。她知道我的想法吗？超声波技师把凝胶抹到我光裸、拉伸开的皮肤上时也看着我的眼睛笑了，她的眼里闪动着知情者的光晕，她上扬的嘴角流露出一丝难以察觉的讥讽。我怀疑她是不是也知道了我的秘密。我并不担心。她知道又怎么样呢？她们都知道了又怎么样呢？这似乎一点也不重要了。这些人清楚自己的工作职责，她们知道的其他事情都无关紧要。婴儿的心跳声透过扬声器传了出来，我问那个姑娘，心跳这么快是不是正常的。

噢，是的，她说，把马尾里露出来的一缕金发从脸上拨开。完全正常。看，他好像在招手呢，可能在跳舞，看他的腿部动作！她按住我的前臂，轻轻地捏了下，我们看着宝宝依次举起双臂再放下，挺直脊背又蜷缩起来，轮流蹬着两腿。这是我的疯狂的产物，我的堕落的实证，他在踢腿，展示给我和这个漂亮姑娘看，她戴着手套的双手还轻轻地按在我的胳膊上，我们大笑着，看着这个不请自来的小家伙，从窗外一棵树的叶隙漏过细碎的阳光，在机器背后的白墙上投下点点斑影，而我的宝宝在屏幕上不停歇地舞动。

我回到家的时候，父亲正坐在厨房的桌边喝茶。玛丽没和你在一起吗？他说。

没有。她去做理疗了。肩膀和胳膊。

哦，他说。神哪，你该告诉我的，我就能去接她了。

我不知道我们为什么没有那样安排。我当时只想着确保没人跟我一起去医院。我的体内升腾起一阵低沉的狂响,好像我的心跳声也被那台机器放大了,和我的宝宝一样,只不过是在我的耳朵里,我的大脑感知到了恐慌,于是默默地往胃里倾注了一轮肾上腺素,以防我需要奔跑、逃亡或者打斗。

我没想到你会这样做,梅洛迪,我父亲说,让她一个人在镇上到处乱晃。到处都可能有人在埋伏她。他们可能想回来把事情了结掉。

我说,耶稣啊,爸爸,那你去找她啊,开车到诊所去,绕着镇上兜一圈。他的脸色刷的一下变白了。他飞快地起身,椅子被惯性往后推去,他把杯子重重地放在桌上,茶水晃动着泼了出来,他从我身旁走过,我跟在他后面喊,等一下,爸爸,等等我,我跟你一起去。

我们在阿什顿路上找到了她,距离朗希尔那头还有一半路程的地方,再过去半英里,就是她以前住的宿营点。她走得很慢,虽然天气很热,她的兜帽还是罩在头上。她弓着背,像是要把自己缩得小一点,把自己藏起来。爸爸把车开到她旁边,跟着她走路的速度往前开,我摇下车窗叫她,玛丽。我又叫了一声,她还是头也不回地朝前走,这次我叫了起来,**玛丽!**

她终于回过头来看到了我们,一副很吃惊的样子,好像我们是那种开着车勾搭女人的家伙。她说,怎么啦?我就是来看看。

看什么?

爸爸从驾驶座上探出身去,他说,上来吧,甜心,我们开车送你。你是要去宿营点吗?

玛丽停下脚步说道,走开,好吗,让我一个人去。我就是去看看谁还在那里,一会儿就回来。走吧,她说,声音更大了些,我现在很好,从来没有这么好过。

从来没有这么好过,她说。这句话是从我父亲那里学来的。听到她这么说让人觉得很窝心,好像是在向我父亲致敬。看到她被我父亲影响得那么深,我感到些许妒忌,但更让我妒忌的是他也在她身上投注了那么多的感情。可我没法对她感到不满。

玛丽·克罗瑟瑞在医院的候诊室里遇到了某个从废弃的宿营点来的人,一个远房表亲,远到不需要像其他人那样踏上逃亡之路。克罗瑟瑞家和托比家留下的空位逐渐被新来的人占用了,其中有些人是第一次来爱尔兰。可他们还是到处自称爱尔兰人,玛丽说。他们的英国口音，你都没法想象。你几乎听不懂他们在说什么。有些托比家的人也回来了，那个远亲说，大家都很高兴，因为他们都知道米克·托比会让那些人都乖乖听话，有他在，除非是他指使的，或者是跟他有关，否则其他人绝不可能挑起事端。但那地方的气氛还是很压抑，年纪小一点的男孩都不敢到外面来玩，而是待在自己的拖车里，偷看外面的情况。

玛丽·克罗瑟瑞站在厨房里，把这些情况讲给我们听，她背后的落日染红了顿塔纳的上空，归巢的乌鸦懒散地排成歪歪扭扭的一条线，她看着我说：要帮我们去打架的是马丁·托比，小姐。你认识的那个男孩，你把他的书给我保管的那个。我的双手自行移动起来，在腹部交握，玛丽·克罗瑟瑞的视线追随着它们下移，眼里短暂地闪过一丝了然，随即消失了，这时我父亲轻轻地说，啊，好啦，啊，好啦。他的声音缓和了坚硬、滞重的沉默。

这么说吧，米克·托比自称是所有游民的统治者。他父亲被葬在遥远的拉夫雷亚，戈尔韦郡，墓碑上刻着：游民之王迈克尔·托比长眠于此。我亲眼看到的，当时我们去那里参加葬礼，我妈妈的一个阿姨。那时候他已经死了好多年，他的墓前还有一列来悼念的人，吻他的墓碑之类的那一套。女人们在他的墓前鞠躬，孩子们为这个素未谋面的人哭泣。光是想想游民曾经有过一个王，如今他死了，这就足够他们掉眼泪了。不管怎么说吧，事情就是那样。现在王的孙子要为我们而战，目前还没人知道弗兰家会派谁来。

玛丽把手掌向上摊开在膝盖上，身子往前倾，用额头抵住手掌，她哀哀恸哭起来，而我父亲站在花园长椅旁说，啊，好啦，啊，好啦。玛丽挺起身来，用她蒙眬的泪眼看着我们说，我该怎么办？如果他们把布奇派来，我该怎么办？

三十八周

一夜之间来了更多的人，面色黝黑的男人和金发亮泽的女人开着面包车和货车，占据了玛丽的族人在营地前端留下的空位。他们把车停在营地后面的那堵墙前，那块地方原本堆着的零碎物件和运马拖车已经按照玛丽父亲的要求清理掉了，他是从北方的藏身地传来的消息。

马丁·托比的父亲，传说中的统治者，向他们的族长表示欢迎。他们长时间地握手，紧攥住对方的手臂，还碰了碰前额。女人们在拖车间脚不沾地地转悠，在身后轻快地甩上车门。孩子们把脸贴在亮白的网眼帘布上，这是为了这趟旅途特别安装的，免得他们在爱尔兰人面前丢人现眼。窗帘始终紧闭。日夜流转。他们的捍卫者依然没有现身。

他们的车都停得很近，间距刚好能让人一步踏到另一辆车上。越来越多的人和车把这片地方挤得水泄不通，形成金属和肉体的混杂之地。草场的入口被一片黑压压的东西堵住了，草场一直延伸到营地末端的那堵墙，马儿都在那里吃草。曾经有一名县议员承诺会在这里建一座马厩，也是这个人让游民在城里进进出出，登记在案，后来又让他们去投票，那一百多票给议员帮了大忙，但许诺的马厩却一直没造起来。

现在营地已经住不下了，他们开始在草场上扎营。来了一个穿制服的女人，她把一块写字板紧贴在胸前；还有两个郡委会的男人，他们套着反光背心，过来提出规劝。然后警察也来了，有几家人移了出去，就是装装样子，到了夜里他们又开回来，停到未经批准的泊位上。谁也不知道弗兰家的人哪天来，决斗的日期和地点也没有约定。我的宝宝在体内翻腾，我们都看到了他形状完美的小手，贴在我腹部的皮肤上。

玛丽·克罗瑟瑞的妈妈捎来消息，叫她离营地远点。是玛格丽特或布丽吉特发短信来转告的，也可能她们两个都发了。每天我们都把车停在营地的入口对面，观察里面的动静，爸爸一直在哼歌，在他的位子上不安地扭动，问我们看够了没有。玛丽坐在后排，头发往后扎起来，用兜帽罩住头，她会一边瞄着外面的情况，一边说，一分钟，先生，再看一分钟，我求你了。一分钟又一分钟，最终变成几个小时，他们好像知道我们在看，心照不宣地默认了我们的存在，也许是把我们当成了部族的编外人员。有一两次，马丁·托比的父亲静静地站在对面看着我们，他和我对视了一眼，几不可察地点了点头。哦，耶稣啊，小姐，他看到你了，玛丽说。现在事态不像之前那么吓人了，这里的人都跟玛丽有亲缘关系，这场决斗多少关乎玛丽的名誉，但又没法说得很清楚，除了他们确实是在为她的名誉而战这一点。一切都汇聚成了这种即将爆发的氛围，表面的混乱之下，一切都在有条不紊地积聚着，人们来到这里，等待着，度过冲突爆发前这段近似真空的时光。时间一天天过去，每次玛丽·克罗瑟瑞和我对视的时候，我的心跳都变得愈发剧烈。她和我都心知肚明。她所说的预感其实就是一种敏锐的直觉，无须多加思考就能理解事态的发展，凭借最细微的征兆，就能精确地捕捉到事情的真相。她把这种能力归因于某种神秘的力量，而那只会让她认定的真相在她心里扎得更深；来自另一个维度的认知是无可辩驳的，也无法扭转。对其否认就是在否认上帝，以及那些逝去的虔诚的灵魂。

我父亲想要到吉姆·吉尔达那里去，告诉他这里将要发生的决斗。可他心里清楚，吉姆早就知道了，全城的警察都知道了，谁也没法阻止这件事，只能暗自祈祷决斗的地点会在距离社区足够远的地方，同时期望有一个合适的家族出来主持大局，游民对他们足够尊重，那样就只会有两个男人卷入这场决斗，不会惹出更大的乱子，指望不会有人死掉，决斗能够实现它的目的，让双方都满意，给这个遗世独立的地方带来和平，不管这和平有多脆弱，多短暂。

今天我父亲在教堂门口摔倒了。弥撒结束以后，他离开时在台阶上绊了一下，当时他正用浸过圣水的手在身上画十字，这是米妮·威利告诉我的，她说那会儿她用欣赏的眼光看着他挺直的后背，还有他灵活的步伐，那样子像是一个刚在哪里领受了长生妙药的人,正在恢复青春的活力。就在这时他摔倒了,而她吓坏了,突然他就倒在那儿,像个死人一样,她相当肯定他死了,但后来她看到他的腿动了一下,身体的其他部位也动了起来,他倒在门外的菖蒲里,只有腿还搭在台阶上。他是面朝下倒下去的,但他的头扭向了一边,两臂伸开在身侧,像一个疲倦的人,没能成功地飞上天。

我父亲是中风了。那才是他今天倒在圣玛丽教堂台阶上的原因。他躺在那里的时候又遭受了第二次中风,他讨人喜欢的脑袋枕在某个人叠起来的夹克上。科特神父在祈祷,他已经给我父亲涂了圣水,还让他领了临终圣餐,只是为防万一。周三的弥撒上,只有少许几个人会到场,也许五六个吧,所以围绕在我父亲身边的圈子很小,每个人都跪下了。神父又给他涂了圣水,等待科特兰德的救护车来的那段时间里,他们一直在祈祷,祈求他们的弟兄被赦免,祈求此刻并非他的终点,因为他们都爱我父亲,所有那些虔诚的人,所有那些神圣的、我们不屑一顾的人们。

我想象着父亲跪在硬木脚凳上祈祷的样子,他弓着身子,低垂着头,那双可爱的手合拢搭在前排长椅的靠背上,转动玫瑰念珠默念玛利亚的祷文,作为弥撒之后的额外短祷,也许是为了我,或者为了玛丽,或者为了宝宝,也可能是为我们三个。我不知道他在摔倒前有没有感到疼痛,是否有一阵痛意袭来,血液奔涌,他有没有感到害怕。我无法忍受这样的念头,想到他会害怕,在离开教堂前对朋友们致意,朝那些仍然跪着的熟人微笑,试图走到外面去,呼吸新鲜空气,掩饰自己的虚弱。但在我因他而起的所有难过和恐惧的情绪过后,感到一阵轻松,因为他睡着了,现在很安全,也许他会一直睡下去,直到我把所有必须要做的事情了结的那一刻才醒来。

玛丽·克罗瑟瑞改变了她守夜祈祷的地点,坐到了我父亲床边的椅子上。他挂着生理盐水和华法林的点滴,鼻子里也接了管子,沿着他的脸颊往下延伸;针头刺穿了他的肉体,他的双手骨节突出,插入的针头在他手上弄出紫一块白一块的淤痕,他的胳膊又细又白,就是上了年纪的人的手和胳膊,一个行将就木的人。他醒过一两次,每次醒来都会把头转向我们,他前额的伤口上缠着绷带,那是他摔倒的时候碰伤的,他想要说点什么,却说不出来;他的发声能力和手脚的活动能力都被血块阻塞了,医生说他们要先等到淤血消散,然后才能知道还剩下什么,还能做什么,还有什么希望。

三十九周

这一切都要归咎于圣母玛利亚,但玛丽·克罗瑟瑞可不想听这些。停车场附近有一个石窟,里头站着另一个完好无损的玛丽,双手摊开,头微微倾向一侧,摆出优雅的询问姿态,她拥有粉白色的坚毅面容,这位加利利人之母,她的左手边有一座假山花园,山上流下一道人造瀑布,水是从圣母脚边的一个池子里抽上去的,不断循环流淌着。玛丽·克罗瑟瑞每次经过这个地方都会停下,向圣母像低头致敬,同时伸出双臂,把手伸到水流下面——就是这个举动给了他们行动的时间;要不是玛丽坚持要奉上祈祷,我们早就穿过大门,走到外面的路上了。我们正等着停车场的横杆抬起,这时来了一辆蓝色面包车,挡住了我们的后路,车门滑开了,一个脸色阴沉、身材瘦弱的年轻人跳下地来,后面跟着一个又一个人,最后一个人拿着一根结实的长棍,像是某种球类的拍子,第一个人穿过中间的那块水泥地朝我们跑来。与此同时,我看了看四周,我的右侧是一道路桩,左侧是一个警察岗亭,身后是挡路的障碍,我们无路可走,无处可逃,我的右手动作得太慢,来不及按下锁门的按钮,玛丽·克罗瑟瑞在一旁说,那是麦夫·弗兰,布奇的兄弟,她的嗓音听起来毫无异样,其中掺杂着意外,甚或是愉快的讶异,好像一个突然见到了久未谋面的老友的人。尽管她声称自己有预感,有先见之明,那一刻她却丝毫没有觉察到危险的迹象,麦夫·弗兰的手已经搭在了玛丽那侧车门的把手上,而我不停地捅着操控台上的按钮,没有一个是对的,没有一个按键能把那头野兽挡在外面,然后门被拉开,玛丽被拖了出去,我从来没有听到过那样的尖叫,不像是人类能够发出的音高。凶器被抡起来,她肯定被打中了头,因为我看到她往前栽倒,有个人抓住了她的头发,把她从我身边拖走,有人打碎了我这边的车窗,突然她挣脱了,他又去抓她,她踢了一脚他的小腿骨,挣脱了他的束缚,打开的车门挡住了他们新一轮的攻击,玛丽设法回到自己的座位上,我在路障前倒车,疯狂地想要掉头,轮胎和地面发出刺耳的摩擦声。一开始我在四下找寻出路,用力把油门踩到底,松开踏板的那一瞬,我看到一个游民男孩挡在我们前面的路上,我径直朝他冲了过去,他闪到一旁,从我们的视线里消失了,我对准那辆蓝色面包车的前杠撞了上去,方向盘后面坐的胖男人尖叫起来,一口豁裂的黄牙参差不齐,瞪大的双眼衬得脸都显小,面包车前杠上的金属块凹了下去,刚好给我们留下通过的空间,我们的车压过路缘弹了起来,玛丽·克罗瑟瑞被惯性往前抛,撞到了仪表盘上,等我回过神来,只看到她满脸是血,她的呻吟尖得吓人,鼻子歪成了一个诡异的角度。

今天马丁·托比来了医院的侧间,玛丽又一次支离破碎地躺在里面,她那张漂亮脸蛋上的皮肤又变得青紫斑驳,鲜红的血液从伤口渗出来,之后又氧化成铁锈的棕色。他出现在门口的时候,玛丽在镇痛药的作用下睡着了,为了抵御她身体上新一波的剧痛。他一动不动地站在那里，显得有些笨重，窄小的前厅里没开灯，房间却被钻过百叶窗的阳光照亮了，于是他被半掩在前厅和房间的阴影里。他从阴影里走出来的时候稍稍弓着背，眼睛被阳光晃得眯缝起来。他好像又高了，似乎也更瘦了，曾经青涩的少年身体已经完全长开，皮肤紧绷在骨骼、肌腱和紧实的肌肉上。他脸上的棱角也更清晰了。再过九个月，他就会变成一个真正的男人。他看着我，又看了看玛丽，之后再次看向我。玛丽在睡梦中轻笑了几声，听上去像是掺杂了嘲讽和几分了然，好像她感知到了突然现身的马丁·托比，好像她的预言成了真。他的蓝眼睛看起来比以往更幽深，眼里的光芒显得冷硬，尖锐。他用近似低语的声音开口道。

你怀的是我的孩子吗？

我摇摇头，对他说不是的，这是我丈夫的孩子，谎言停留在弥漫着消毒水气味的空气里，他像是在检审我的说辞，不知道是要接受这个说法，还是拆穿背后的真相。尘埃在流动的光线中闪烁，跃动，我们静默地看了一会儿，因为没有别的话好说。他点点头，而后又看向玛丽，更仔细地察看她脸上的淤伤和裂口，上次遭袭留下的疤痕，肿起的嘴唇，扭断的鼻子。他还是很平静，但他的脸色变了,身体两侧的双手握成了拳头。他周身的温度都好像变低了,房间里的光线暗了下来,仿佛太阳都为即将到来的麻烦所惊扰,而它已经看够了这一切,不想再卷入更多的恩怨之中。

玛丽·克罗瑟瑞醒了,沉默地看了他一会儿,然后说,你好啊,亲爱的表弟。

马丁·托比挺直身子,抬起下巴,冷冷地问候了她,但他的冷漠不是冲她来的。是麦夫·弗兰打的你吗?他的语气还是毫无波澜,但更大声了一些,透着几分脆弱,似乎就要碎成齑粉,而他的话语会随时化为哭号。玛丽轻声说道,不是的。是那个傻瓜开的车害的。她指着我笑了起来。但他们是想把我带走,那是真的。我不知道是为了什么。

他们违背了之前的约定。这件事情要用恰当的方式来了结。他们那帮人不知道原因。你是得不到安宁的,玛丽,只要弗兰家的人还对你的族人有怨言,马丁·托比说,而我也得不到安宁,除非这一切都有了了结。就是那样。

就是那样,他说,游民们说话时常常以此结尾,表示拒绝反驳、争议或进一步的疑问。到此为止吧,事情就是那样，马丁·托比的话已经说完了，他不会再多说什么，也不需要再说什么了。

玛丽·克罗瑟瑞还来不及想到一句回复、警示或感谢的话，他就转身离开了，在他刚才站过的地方，只有他留下的寒意依然涌动着。

四十周

有人用一根铁棍照小弗兰的后脑上来了一下。当时他在靠近利默里克一家酒吧后门的一条街上。弗兰家的人脑袋被开瓢了,还是一个刚到镇上不久的人。大家都认为是克罗瑟瑞家的人干的,尽管没人看到现场的情况。基于这件事,还有之前针对玛丽的那次袭击,充当调停见证的那家人宣布两边破坏了规矩,也亵渎了约定,所以他们要回家去了,不再管这件事,除非照约好的那天公平决斗。随着时间的流逝,事态似乎变得愈发糟糕。小弗兰的后脑勺没出大问题,但还是要缝针,他本应待在医院里接受观察,但他不肯,当然啦。他自说自话地出了院,大摇大摆地走出去,混在一群面无表情的男人中间,身后跟着一辆缓缓行驶的警车。他们匆忙召集了一次单座两轮马车竞赛,用来转移警察的注意力,担任中间人的家族开了一辆面包车,把马丁·托比和他的对手拉走了。双方家庭都被允许派出几个人,再加上其他中立家族的人,两边都要交出一个青少年作为人质,被带去另一个秘密的地点,以此保证双方不会再产生未经允许的暴力冲突。毋须多言,弗兰家那边派出的是布奇。玛丽·克罗瑟瑞接到短信通知的时候发出了痛苦的呻吟,仰起脸不停地质问上天,为什么事情会变成这样,为什么要这样惩罚她。

我们等待着从决斗现场传回的消息。我父亲有时会睁开眼,有几次他的脸上好像有笑容。他们一直在给他用镇静剂,那样他的身体就会保持稳定、平缓的状态,血管就不会感到压力。一个面带微笑的年轻医生说,想象一下,他现在所处的无知无觉的状态是一片大海,你父亲就站在海滩上,打湿了双脚,也许时不时地还会从岸边往海里游一点儿,但不会太远。那些海水就是治愈他的圣水。

玛丽·克罗瑟瑞说,主啊,这个说法真好。医生走出去的时候冲她笑了一下。我想象着在海边的父亲,穿着他蓝色的旧四角裤,面向太阳,感受着微风中的咸味,一边说,啊,老天,这可太美了,这会给你正面的力量,不是吗?

玛丽的手机一直在响,却没有一点消息传来,只有她的妹妹们在问,有消息吗?有消息吗?发生了什么事?玛丽穿着睡衣坐在我父亲的床边,还披着一件我买给她的睡袍,她说这件衣服让她看起来显得成熟,她的拖鞋上缀着像是兔子尾巴的东西。医生说她要再住一晚。她还要去警察局做个笔录。她说她会去的。她什么都会告诉他们,除了打她的人的名字。警察从来没帮我们处理好过什么事,她说,以后也不会。

出于某种我说不清楚的原因,我逐渐平静下来。我感到一种难以捉摸的疼痛,一边升腾一边弥散,而且疼痛的感受越来越明显。这个秘密不会在我身体里太久了。它会逐渐显现在我的脸上,穿过我的腹部,沿着我的脊柱往下。我必须把父亲和玛丽·克罗瑟瑞留在这里,我必须去宝尊堂医院,我必须让这个孩子来到世上。

天快要亮了,那几个小时里发生了一些事情。一阵匆忙的脚步声,还有远处传来的嘈杂声,我的轮床在移动,一个高个子男人在朝我微笑,他的眼睛颜色很深,我记得过去见过他,我的床又停下了,我被移到空中,然后轻轻地落下,接着又被抬起再放下。似乎有一道屏障把我从中间分开,好像我是一名魔术师的助手,就要被锯成两半。屏障后面有影子在移动,针头戳进我的体内,世界暗了下去,沉入一片黑暗。

一个戴面罩、穿长袍的人坐在我的床边。他们专注地观察着我,我的手被握在一只戴了手套的手里,我试着告诉他们刚才做的梦,梦里有一只手,托着一个无声的孩子,它们前面挡着那面魔术屏障,人们背对着我站着,我听不到宝宝的哭声,我在梦里尖叫,我的宝宝为什么不哭?我的宝宝为什么不哭?有人转过来,朝我俯下身,指向床边的一张桌子,那里站着另外两个穿长袍的人,他们背对着我躺的地方,双臂移动的节奏很古怪，他们突然停了下来，一切都静止了，就连时间也静止了，直到婴儿的哭声把空气撕开一道裂隙。那拖着长腔的哭声中气十足，那么嘹亮完美，它慢慢消失，又被下一声、再下一声所取代。

他来到这世上的时候没有撕开我的身体，我的小绅士。但我腹部的创口灼痛着，好似一缕细细的滚水在沸腾。我的乳房开始分泌初乳，他张着嘴，用鼻子碰了碰我的乳房，他为这乳汁大哭起来，而我和他一道哭了。他不肯用奶瓶的塑料奶嘴喝奶，他的眼里流淌着痛楚。我不能亲自喂他。那会让事情变得太难；如果我把他抱在胸前，我肯定会违背和自己的契约。流淌的乳汁会淹没我的决心。他被轻轻地举起，从我体内的黑暗进入光明，他的拳头攥得紧紧的，头上有一缕黑发。有人给他按摩，打他屁股，哄骗他张开嘴吸入第一口空气。我醒转过来，他突然就在那里了，他的眼睛和他父亲一样是蓝色的，在人生最初的时光里，就似乎溢满了哀愁。

透过我房门上的毛玻璃能看到外头来往的人影，他们成双成对地来访，带着气球、花束和巨大的泰迪熊；

走廊里飘荡着兴奋的低语，响亮的亲吻，各式各样的欢呼。我仿佛飘浮在梦境与现实之间。有时我从梦中醒来，以为我生的是个女孩，有时以为自己是在大学的宿舍里，或者和帕特在宾馆里，或者因为胸腔感染从学校告假回家，我母亲坐在床边，把我的手握在她冰冷的手里。

他的婴儿床旁边围着一圈塑料围栏，挨着我的床，抬眼就能看到的高度，我可以躺在那里看他睡觉的样子，变幻的光影让他显出不同的模样；有时他长出了翅膀，往空中升高了几英寸，我尖叫着去拉他，扯痛了伤口，疼痛让我完全清醒过来，看到他还在睡，均匀地呼吸着。于是我躺回去，用同样的频率呼吸，缓和自己的情绪，强迫自己回归理性。

一个护士会定时来检查我的伤口和心跳，还有抗生素点滴的情况，也看看他有没有吃过东西，她问我有没有人会来探视，我说，没有，不会有人来的。

她咬了咬下唇，友好地点点头，观察了一会儿我的心电图，然后说，都不错，亲爱的，我让你休息吧。他们告诉我至少还要再住院三天，但我等不了这么久了。

我还有亟待了结的未完之事。我必须打开手机,制订计划。

最后他还是喝完了奶瓶里的东西,现在安静下来了,慢慢地眨着眼睛,盯着我看。他身上的温度渗进我的体内,穿透了我。新生儿的视力还不是很好,他们说,但我的宝宝能看清楚。现在他从我身体里出来了,他能径直看透我。走廊里嘈杂的声音似乎都隐入了远方,还有外头的车流声,除草机和鸟鸣也都成了遥远的回响;所有围绕在我们周遭的一切,我们完美的集结。我八磅重的小神祇,无瑕的良善和爱意的化身。

他的眼里似乎蕴含着可知的一切。他了解我,知道所有关于我的事情,所有可怕的事情,但他还会爱我。我把他抱起来贴在我的皮肤上,看着他,再看着他,我必须这样做,否则一切都会归于虚无。我必须亲吻他漂亮的双颊、鼻子、眼睛、耳朵和脑袋,握着他的手指送到唇边,感受他的呼吸,把他的气味锁进我的灵魂里。我必须体味到这完美的爱意,这超脱于一切尘世悲欢之上的爱意。

产后

这地方都被狗屎糟蹋了。今天我父亲从梦里醒来时说了这样一句话。也许他梦见自己在河岸散步,过去他总是说,到那里遛狗的人老觉得可以随便把狗屎留下。现在他清醒的时间更长了,脸上总是挂着微笑,有时他会说几句话,偶尔还会把右手移到左臂上,检查它的情况,每次感到那里僵直麻木的肌肉,他都会再次露出惊讶的表情,之后重又睡去。抱怨完狗屎之后,大约过了一个小时,他又说,好姑娘,跑到里头去,把软毛刷给我拿来。也许是要把狗屎从鞋底的缝隙里刮掉。免得我母亲闻到这股气味之后又要发飙。我希望他在晦暗的梦境里寻得安宁，希望他的回忆里没有潜伏的恐惧。不管怎么说，他的睡脸看起来挺安详的。玛丽·克罗瑟瑞把自己带十字架挂坠的项链留给了他；链子系在他的脖颈上，充满热情的耶稣栖居在心脏的位置。等他彻底醒过来，拨开眼前的迷雾，记起这段时间的情况，他不会感到像我一样的伤痛，他从来没有见过宝宝，没有触碰过他，没有闻过他皮肤的气味，也没有听过他完美的哭声。我不能强迫他承受那样的牺牲，毕竟他这辈子已经经受了那么多。

帕特每周开车来一两次，我们坐在厨房的桌边喝茶，偶尔他会伸过手来握住我的手，我不会挣开，就让他那样握着我的手说话。我看着他手上白色的戒痕和灰色的胡碴，还有他眼里闪动的光芒，一如既往。

如今阿什顿路上已经空无一人；所有的泊车点都空了，只有野猫和老鼠在那里安家，它们轻捷地跑过那一片被弃置的荒地，人们曾在这里生活，或者死去，他们的残影还在这里停留，但无一例外都曾游荡在这片开裂的水泥地上。他们还会回来，又到此处停留，但不一定是今年，可能明年也不会。只有时间能够涤荡这里的血迹，抹除所有早已散尽的烟尘。

我和他们在波塔姆纳森林公园的入口处碰了头。那地方在宝尊堂医院和我家中间的位置。马丁·托比和玛丽·克罗瑟瑞。这两个人，都还像是孩子一样，但他们也许都比我要成熟。都很漂亮，他们两个人，漂亮得难以形容。马丁·托比的脸被划开了，青一块紫一块的，但那些伤口是会愈合的。玛丽·克罗瑟瑞的脸上也有淤青，但那些伤口也在愈合，尽其所能地长好，似乎它们也羞于展示自己的存在。马丁·托比有一辆车，是他父亲给他的。那车的样子不错，看起来挺安全的。也许能在车祸中保护后排的乘客，后座上的婴儿篮，前提是它被好好地绑在安全坐椅上。马丁·托比有英国的驾驶证，这辆车上了保险，交过税，海关还对它做了检查，清关手续也都办好了。马丁·托比是个好司机。大概从他能下地走路起就一直在开车？没什么好怕的。他能把车开得像一阵风。

那是一场公平决斗。这点毫无疑问。充当裁判的那家人观察得很仔细，站在很近的地方，以免有人出黑招，暗地里踢一脚，或者偷藏武器，违反肉搏的规定，事先已经裁定这场血肉互搏会给事情画下一个句号，双方也都接受了，双方家族都有人去了现场，见证这一过程，推搡着呐喊，尖叫，狂放地祈祷。涉事双方以外的围观者沉默地站在稍远处的草地上，他们同样看到了每一下击打，看着那两个疲累的战士，看着他们挥拳，逐渐虚弱，流血，压在彼此身上相互支撑，传回营地的消息是由人群里上了年纪的人说出去的，可以信赖他们说的是真话。每个人的说法都一样：战斗结束后，马丁·托比站在布奇·弗兰瘫软在地的躯体旁，呼号着他的怒火，尖啸着他的悔恨。他一拳打死了这个跟他毫无过节的男人。他亲手夺走了一条生命，因而让一个灵魂过早地进入了天堂。他跪倒在地祈求宽恕，他诅咒上帝让他降生于世，他俯身抱住布奇·弗兰，搂住他的脖颈，把自己的脸颊贴在敌人的脸颊上，他的神志似乎都不清醒了，哭喊着他爱他，他是他的兄弟，他的泪水和死者的血液混在一起，他们的鲜血和泪水淌过坚硬的大地。

这就是我所知道的，是我被告知的。如今游民们信任我，会告诉我一些事情。几个月前，一个从恩宁斯来的男人找上门来，带着他的女儿和儿子，站在我家门口对我说，他听说我是一个会帮助游民的人，他想问我能不能为他的两个孩子做点什么。他们两个都没读过书，他说，而且年纪也太大了，没法再去上学。他还说，和过去相比，眼下的世界要艰难得多，他们不能大字不识地瞎转悠。之后又有更多人来找我。于是我趁爸爸的理疗师上门时开班授课，或者是在地区护士和家政服务人员来的时候。我会想，等到我把房子卖了，爸爸身体更结实一点，我们的生活恢复到正常节奏的时候，我就这样度日，我会好好当一个老师，不会再陷入同样的疯狂。他们总在告诉我各式各样的事情，而我静静聆听。我会克制自己的情绪，不表露出过分的兴趣，以免他们紧张起来，或者怀疑我为什么感兴趣，进而不再对我诉说。

但没人知道我的过往，我也不会告诉他们。我第一次去医院时留的是个假名，社保号码也是假的，地址也一样。一个用假身份的人只能去一个她不会被认出来的地方，所以我才跑么老远到宝尊堂去，而不是就在利默里克路上的医院生下我的宝宝。宝宝的出生证明上，母亲的名字是**玛丽·克罗瑟瑞**，父亲的名字是**马丁·托比**。我把宝宝放进他的摇篮里，紧紧地绑在马丁·托比车后排的坐椅上，我把他的出生证明交给玛丽·克罗瑟瑞，她能看懂，马丁·托比也可以，这让我感到骄傲，因为是我教会了他们阅读，而且我把他们教得很好。

我对马丁·托比说那是他的儿子，而玛丽·克罗瑟瑞是他的母亲，他没有看我的眼睛，但他慢慢地点了点头，看着他儿子的面庞，我感到他身上的重负被移走了一些。玛丽·克罗瑟瑞紧紧地拥抱我，抱了好长时间，她把脸贴在我的脸上，我们用泪水给彼此施洗了涂油礼。

如今他们离开了，回到路上，他们是行走的一族，他们会照看彼此，他们也许再也不会踏上回到这里的路。可我知道他们会的。也许他们会找到我，也许我会高兴起来，也许我终究得以行完命中的救赎。

致谢

谨向以下所有人表示谢意:

我的编辑和朋友,布莱恩·郎恩,感谢你让我成为一个更好的作者;感谢伊恩·麦克休、安东尼·法雷尔、拉里·芬雷、比尔·司各特-科尔、菲奥娜·墨菲、本·威利斯、艾利逊·巴罗、索菲·克里斯托弗、詹姆斯·琼斯、凯特·萨马诺、黑泽尔·奥姆、埃尔斯佩斯·道格尔、布莱恩·沃克尔、索菲·斯迈斯、海伦·爱德华兹、安-凯特琳·兹瑟尔,为了把我的书送上书架,每一位都付出了辛勤的工作。还要感谢书商们,确保这些书没有堆在架上无人问津;也感谢读者们,让作家这一职业存在。感谢约瑟夫·奥康纳,还有我在创意写作学校以及利默里克大学的朋友、同事和学生们。感谢詹姆斯·道尔给我的帮助和建议;感谢阿兰·海耶斯的友谊和智慧;感谢我了不起的父母,安妮和唐尼·瑞安,感谢你们给予我的一切。感谢玛丽、克里斯托弗、丹尼尔、约翰、林德赛、奥比尼和我所有的家人,无论远近,感谢他们给我的爱和支持。感谢安妮·玛丽、托马斯和露西,你们让一切都变得值得。感谢已逝的麦克·芬恩,跆拳道大师、绅士、安静的英雄。

图书在版编目（CIP）数据

我们所应知道的一切/(爱尔兰) 多纳尔·瑞安著；杨懿晶译. -- 上海：上海文艺出版社，2022
(多纳尔·瑞安作品)
ISBN 978-7-5321-7965-7

Ⅰ.①我… Ⅱ.①多… ②杨… Ⅲ.①长篇小说－爱尔兰－现代 Ⅳ.①I562.45
中国版本图书馆CIP数据核字(2021)第203747号

Copyright © Donal Ryan, 2016

First published as All We Shall Know by Transworld Publishers, a part of

the Penguin Random House group of companies.

Through BIG APPLE AGENCY, INC., LABUAN, MALAYSIA.

Simplified Chinese edition copyright:

2022 by Shanghai Literature and Art Publishing House

All rights reserved.

著作权合同登记图字：09-2019-456号

本书出版获得Literature Ireland资助，特此鸣谢。

发 行 人：毕　胜
责任编辑：曹　晴
封面设计：朱云雁
书　　名：我们所应知道的一切
作　　者：[爱尔兰] 多纳尔·瑞安
译　　者：杨懿晶
出　　版：上海世纪出版集团　　上海文艺出版社
地　　址：上海市闵行区号景路159弄A座2楼 201101
发　　行：上海文艺出版社发行中心
　　　　　上海市闵行区号景路159弄A座2楼206室 201101 www.ewen.co
印　　刷：浙江中恒世纪印务有限公司
开　　本：889×1194 1/32
印　　张：8.125
插　　页：5
字　　数：100,000
印　　次：2022年8月第1版 2022年8月第1次印刷
Ｉ Ｓ Ｂ Ｎ：978-7-5321-7965-7/I.6316
定　　价：62.00元
告 读 者：如发现本书有质量问题请与印刷厂质量科联系　T: 0571-88855633